MIX
Papier aus verantwortungsvollen Quellen
Paper from responsible sources
FSC® C105338

Franziska König

Die Lücke auf der Eckbank

Aus dem Leben einer Musikerfamilie

2009
Oktober - Dezember

*Für meine allerliebste Mama
zum 80. Geburtstag am 1.4. 2019*

TWENTYSIX – Der Self-Publishing-Verlag
Eine Kooperation zwischen der Verlagsgruppe Random House und BoD – Books on Demand

Titelbild: Ein Gemälde von Erika König

Umschlagsgestaltung: Heiko Baumfalk, Aurich

© 2019 König, Franziska

Herstellung und Verlag:
BoD – Books on Demand, Norderstedt.

ISBN: 9783740754082

Vorrede

Nachstehend beginnt die wahrhaftige Geschichte der Franziska König und der Personen und Begebenheiten, die ihr Leben in den Monaten Oktober bis Dezember 2009 austapeziert haben, von ihr selbst teils mit liebevollem Pastell weich umrissen, teils mit spitzem Bleistift und einiger Schärfe dargestellt.

Geh, kleines Buch und such Dir Dein Publikum. Wer sich in Dir wiedererkennt, gewinnt Erkenntnis und wird klug, wer nicht bleibt dumm aber glücklich.

Dr. Hartmut König,

Potsdam am 19. März 2019

*Die wichtigsten Vorkömmlinge finden sich
am Ende des Buches im Personenverzeichnis*

Oktober 2009

Donnerstag, 1. Oktober
Ofenbach,
(ein unscheinbares Dorf in Niederösterreich)

Hi und da regnete es mal zwei Minuten lang,
so daß man rapide die Wäsche abzupfen mußte.
Warm.
Am Spätnachmittag dann
z.T. auch milder Sonnenschein

Vorwissen für den Tag:

Jahr für Jahr besucht uns Onkel Dölein aus den USA, dieweil er sehr an seiner Ursprungsfamilie hängt.
Doch am 1. Oktober galt´s, die wunderschönen Wochen mit dem Onkel zusammenzupacken, und in der Erinnerung einzumotten. Man mußte Abschied nehmen, und Buz (mein Vater) und ich begleiteten den Hinwegstrebenden bekümmert zum Flughafen.

Onkel Dölein schien erfreut, daß wir um Punkt fünf Uhr dreißig bereits über den Kalgassenbuckel hinweg durch die Nacht zum Flughafen fuhren. Plastisch erzählte er Buz und mir, wie seine Frau Deborah mit der Pünktlichkeit auf Kriegsfuß stünde, und Geschichten dieser Art höre ich für mein Leben gern. Bald darauf trafen wir am Flughafen Wien-Schwechat ein, um uns alsbald suchend nach dem passenden Schalter umzusehen.

Ich schulterte Döleins weinrote Reisetasche, die mir sehr in´s Fleisch schnitt, und dachte: „Das ist alles, was ich für den Onkel jetzt noch tun kann!"
Ein Passus, den ich ja im Sommer schon einmal, und hinzu wörtlich, über meinen verstorbenen Onkel Wolfhard gedacht habe, den ich an seinem Geburtstag kurz in den Köpfen vereinzelter Senioren hab aufleuchten lassen.
„Mein Onkel Wolfhard feiert heute seinen 75. Geburtstag!" erzählte ich überall herum. Dann wartete ich, bis vor den geistigen Augen ein rüstiger Senior aufgestiegen war – vielleicht mit Glatze, hochglanz oder seidenmatt? Mit flammenden Frisurresten oder gar Frisurprotuberanzen auf der Oberfläche einer untergehenden Sonne? Oder eher einer weißen Schaumfrisur? – Wir wissen es nicht, und diejenigen, in deren Kopf der Verblichene kurz aufgeflammt war, können heute auch nicht mehr mit Bestimmtheit sagen, wie er ausgeschaut habe, da ich das innere Bild mit den folgenden Worten viel zu rasch wieder hinweggelöscht habe.
„Aber der Onkel starb bereits mit 6 Monaten!"

Unfassbar wär´s nun natürlich gewesen, wenn ich die weinrote Tasche mit den Reiseunterlagen im Morgengrauen einfach neben die Garage hingestellt hätt´, und Buz entweder drübergefahren wäre, oder wir sie vergessen hätten.
Wir warteten in der Schalterhalle herum.

Eine sehr unpersönliche Schalterbeamtin („Hier nicht bitte!!" (wienerisch eingefärbt)) öffnete einen etwas abseits gelegenen Schalter, und einige der Wartenden wollten sich bereits auf unschlüssige Weise dort hinbemühen. Dies gefiel Onkel Dölein jedoch nicht, und er hatte das Gefühl, die wollten sich vordrängeln, so daß er sich auf dem kurzen Weg dorthin noch leicht Luft darüber machte.

Zum Abschied umarmte Buz seinen Schwager herzlich, und auch ich legte ein inniges Bestreben, den Onkel bald wiederzusehen, in meine Abschiedsumarmung hinein.
Der Onkel entschwand hinter einem Gatter Richtung Abschußrampe, und mit vor Enttäuschung und Schmerz watschelweich erschlafften Haxerln begaben wir uns zum Parkplatz, um alsbald zurück nach Ofenbach zu fahren, wo neben dem süßesten Rehlein nur noch die Lücke, die der Onkel hinterlassen hat, auf uns wartete.

Wieder daheim:
Ich holte die Kamera herbei, weil ich Onkel Dölein in einem kleinen Filmchen verdeutlichen wollte, wie es ohne ihn weitergegangen ist. Ich filmte somit die leere Eckbank, um ihm die Lücke zu zeigen, die er uns hinterlassen hat, und mit der wir uns nun irgendwie arrangieren müssen.
Buz war zu einem Spaziergang aufgebrochen, doch als bei uns daheim sein Händi auftönte, dachte

Rehlein, er sei in Wien und habe sein Händi vergessen.

„Der Papa hat auch kein gutes Gedächtnis mehr!" spöttelte Rehlein mit ihren geschärften Sinnen für das Negative einfach so.

„Jahaa! Du hast es vergessen!" rief Rehlein einfach unreflektiert in den Hörer hinein, auf daß Buz „staunen", oder gar „doof aus der Wäsche schauen" möge, doch es war Julia Kim, die da anrief. Da fiel Rehlein ein, daß Buz doch im Walde unterwegs sei, und das Schönste: *ich* hatte auch gedacht, Buz sei in Wien!

Nach dem Joggen im Wald am Abend schaute ich von außen durch das Terrassenfenster auf meine geliebten Eltern drauf.

Auf dem Tisch lag ein Stapel historischer Briefe vom jungen Beätchen aus Amerika, das damals noch längere Besuche bei ihren Eltern in Europa plante und in Form schwärmerischer Passagen einen wundervollen Eindruck von ihrem damaligen Mann Ric zu vermitteln suchte. So, wie heut vom Jesse, dem Neuen an ihrer Seite.

Beim Stöbern in den alten Briefen fanden wir auch noch so einen bezaubernden Brief von Döleins mittlerweile verstorbenen Exe Christa, so daß einem schmerzlich bewußt wurde, wen man da verloren hat.

Früher schickte man sich Päckchen:
Omi Mobbl strickte und buk, und der Opa schrieb ein Gedicht dazu.

Das süße Rehlein bekam massivste Kniepobleme. Rehlein ächzte vor Schmerz und konnte sich nurmehr ganz humpelig bewegen. D.h., wenn Rehlein ganz brav auf ihrem Stühlchen saß, vergaß es den bohrenden Schmerz zeitweise.

Abends meinte Buz, es käme ein Münster-Krimi. „Milberg!" sagte Buz, „Wilberg!" korrigierte Rehlein konsterniert, doch es war tatsächlich der Milberg, indem nämlich nur der Schauspieler so hieß, und es hinzu gar kein Münster- sondern ein Kiel-Krimi war. Ein Psycho-Sujet, zusammengebastelt aus folgenden Zutaten, die doch je eine leicht elektrisierende Wirkung haben, wie der Drehbuchautor gehofft haben dürfte: Pfarrer, Säure, Leichen ← eine reichhaltige Mischung somit für den Psychofreund.

Freitag, 2. Oktober

> am Morgen trüb und tröpfelig.
> Dann zwar hi und da aufgeklart,
> doch eher unauffällig

Montags und Freitags pflegt Buz nach Wien zu reisen um zu unterrichten. So auch heut.
Mit Rehleins Knie war es etwas besser geworden, so daß sich das süßeste aller Rehleins auch ganz in die Zubereitung für den köstlichen Frühstücksgriesbrei für „den Gatten" hineinknien konnte.

Ich brachte Buz zum Bahnsteig nach Lanzenkirchen, und dann stand ich noch ganz lange herum und beobachtete von außen, wie mein alter Vater im Inneren des Waggons mühsam sein Billet zusammenzapfte. Ich spiegelte mich in Buzens heller Lederjacke wie ein Geist.
Als Buz sich niedergesetzt hatte, tippte ich an die Scheibe.
Da drehte Buz sich nochmals um, und ich lachte freundlich und rannte ganz schnell weg – grad wie ein verliebter Teenie, und während ich noch rannte, kam ich mir so lächerlich vor.
Bei Billa kaufte ich für Buzen eine Flasche Rotwein, und für Rehlein eine Tafel Chili-Chocolade der

Firma Lindt, welche ich später neben Rehleins Kopfkissen aufstellte.

Um Punkt 9 lief wieder die Morgengymnastik, diesmal geleitet von der hefeweichen Jungseniorin „Mia", die immer so mild und langsam redet, wie man gemeinhin mit 93-jährigen zu sprechen pflegt, denen man das Leben im Altersheim schmackhaft machen möchte. Davon versetzte ich mich in jene Zeit hinein, wenn ich mal 93 bin, und man so mit mir redet, um mich bei Laune zu halten.

Ansonsten war die Gymnastik langweilig.

Kurz vor Schluß sagte ich: „Mutti! Mir ist langweilig!" Man müht sich ab, und es verändert sich nichts, außer daß man nach der Gymnastik schon wieder 15 Min. näher an den Tod hinangerückt ist.

Manchmal versuche ich mir vorzustellen, wie es wohl bei Christinas Eltern zugeht, zumal es mit dem Vater, und seiner Art, die Dinge negativ zu sehen, einfach nicht auszuhalten sei.

Pfarrer M. aus S. hatte geschrieben.

„Plakate könen wir nicht gebrauchen!" schrieb er ungebildet mit nur einem „n", so wie hier zu lesen, und überhaupt wirkte alles so ernüchternd und so, daß man „gar koi große Luscht verspürt", die lange und beschwerliche Reise ins Schwabenland auf sich zu nehmen. Der Pfarrer tut so, als sei´s eine Gnade für mich, in seiner Kirche spielen zu dürfen, und dabei ist es doch eine Gnade für *ihn*, daß ich dort spiel´!

Ich parodierte Rehlein launig vor, wie die Unterredung zwischen der Christina und dem Pfarrer wohl gewesen sein könnte:

„Ha, macht die dös professionell?"

„So halb und halb."

Nun hatte man sich gedanklich bis ins Schwabenland vorgearbeitet, und so dachte ich auch noch schnell an unsere Freundin Veronika:

Die Veronika darf jetzt nimmer fernsehen, da der Jorberg nicht nur entrüsteter Nichtraucher und Nichttrinker, sondern hinzu auch entrüsteter Fernseh- und Computergegner ist.

In klärenden Gesprächen versucht er der Veronika den Fernseher auszureden.

Abends holte ich Buz bei Vollmond vom Bähnle ab. Das bezaubernde Rehlein hatte bereits liebevoll den Abendbrottisch gedeckt, und grad wie in Tante Utas Erzählungen („Deine Mutter schwört ja auf Kamillentee!") gab´s bei uns Kamillentee.

Samstag, 3. Oktober

nach grauem Beginn sagenhaft schön –
doch nach einer Weile zogen erneut Wolken auf.

In der Bäckerei Lielacher lernte ich die undurchschaubare, hölzerne Tochter von der undurchschaubaren hölzernen Brötchenfrau von früher kennen, und kaufte ihr ganz weiche und schöne Semmeln ab.
Dann frühstückte ich mit den Erwachsenen in der Stube.
Nach Anlaufschwierigkeiten wurde es sehr nett. Anlaufschwierigkeiten derothalben, weil Rehlein noch ein bißchen ihr Bisgurnentum austoben mußte, und einmal brachte sie Buz direkt in Verlegenheit, indem sie ihn auf die Pornohefte ansprach, die bei einer Kofferkontrolle in <u>ihrem</u> Koffer gefunden worden waren, und es war dem süßesten Rehlein so <u>pein</u>lich! (Auf ihrer schönen Unterwäsche da lagense, einen genierlichen Anblick bietend, den ungläubigen Blicken der Beamten preisgegeben).
„Da haben wir doch…" begann Buz schwammig, und alle Worte Buzens wurden erstmal hohnvoll abgeschmettert:
„"Wir"!" höhnte Rehlein.
Damit wollte man doch die Akiko (unsere Bedienstete in Taiwan) erschrecken, fischte Buz eine

trübe, dünne Ausrede aus einem Glaserl voll ehrlicher Verlegenheit.

Ein so schönes Wetter, doch ich fühl´ mich in Ofenbach einfach nicht heimisch.
Rehlein wollte zu „Billa" radeln, und eifrig raste ich zum Schuppen um Rehleins Radl zu holen, während Rehlein den Schuppen von der anderen Seite anpeilte. Ich wäre so gerne die Erste gewesen, doch bemühe ich mich dorthin, so überkommt mich immer ein leises Gefühl der Traurigkeit. Ich bin so langsam, und renne ich, so fühlt´s sich eigentlich nur so an, als wolle eine Schnecke einem Hasen imponieren und gäbe ein bißchen Gas.
Sollte ich jemals im Leben nochmals drei Wünsche frei haben – ich dachte einfach „nochmals" obwohl ich noch nie im Leben drei Wünsche frei hatte - dann wünsch´ ich mir ja doch nicht, daß ich niemals mehr an einer roten Ampel warten muß, sondern lieber eine Düse an den Po, mit der ich etwas besser vom Fleck käme.

Um 18 Uhr sollten wir uns für unser erstes Webcamdate mit Onkel Dölein bereithalten. Rehlein drückte wild auf den Knöpfen am PC herum und wirkte angespannt und aufgeschäumt, da´s ja, wie´s computertypisch ist, doch nicht klappte. Unfassbar, was es für ein Gezeter gegeben hätte, wenn Buz diese Tasten gedrückt hätte.

Wir versuchten es dreimal: um 6, um 7 und um 8 Uhr - je vergebens.
Dabei hatte ich dem Onkel doch schon so lustige Sachen geschrieben: z.B. im Stile von Frau Brünnert: „Wir stehen stramm Gewehr bei Fuß!"
Zuerst hatte ich immer Angst, Onkel Dölein könne uns „zu doof" finden.
Ich schrieb extra ein begütigendes E-Mail, daß dies doch unser allererster Versuch sei. Bestimmt können wir bald so virtuos chätten und webkämmen, wie Hilkes Verwandte in Afrika.
„Wenn das sogar die Neger lernen können!" schrieb ich leicht despektierlich und populistisch, bloß um den Onkel auf billige Weise zu erheitern.

Nachtrag 2019: Genau so ist´s gekommen!

Heute herrschte der Tag der deutschen Einheit (wie lang will man den denn noch feiern??), und die „Lindenstraße", auf die der Seniorenrhythmus doch eingependelt ist, fiel einfach aus.

Abends säuselte Buz Passagen aus dem Mendelssohn-Konzert.
Ich: „das <u>muß</u> besser werden!"
Buz: „Wiesooo??"

Sonntag, 4. Oktober

wunderschöner, strahlender Sonnenschein
und ganz warm

In einem Ballettstrumpfhöslein mit kleinen Löchern um die Gesäßregion herum steckend, stand Rehlein in einer Gymnastikpose auf der Matte.
„Andi Fumolo & friends" - (Hahahaha) (denkt man da nicht gleich an die Musiker mit ihren „Konneckschns"?) - zeigten Schultergymnastikfinessen.
Ich überlegte, daß der Onkel Andi um diese Zeit, an diesem strahlend schönen Morgen doch wohl schon online sein könnte? Seit gestern haben wir ja ein neues Hobby: Chätten und webkämmen, und man möchte die Freunde und Verwandten eigentlich nurmehr quadratisch umrahmt aufleuchten sehen und mit lustigen Sätzen betippen, oder - wenn das Hobby denn einmal gereift ist - sogar beplabbern!

Onkel Dölein hatte einen Link geschickt, der uns auf die Spur bringen sollte. In Computerlatein las man, wie man den „msn. Messenger" gescheit herablädt. Ich versuchte es auch augenblicklich, und spürte den hohen Annagel-Effekt einer solchen Tätigkeit: Grad wie Onkel Dölein sonst, war ich nämlich augenblicklich am PC festgezwackt.

Der Messenger sagte: „Sie haben bereits eine neue Version…"

Die erneute Herabladung wäre somit jener wohl überflüssigen Tätigkeit gleichgekommen, die Satellitenschüssel abzuschrauben, um stattdessen eine Antenne am Televisor anzubringen? Wieder spiegelte ich mich zusammen mit Rehlein als Zweiergespann, in den Sinnen des Oheims als unerhört hinterwäldlerisch und torhaft.

Buz nestelte am CD-Spieler herum. „Ich will noch den Zemlinsky hören!" murmelte er, doch in Wirklichkeit ging es ihm als stolzem Pädagogen, oder auch Triebpädagogen darum, durch Rehleins Sinne in Han-Lins Geigenklängen zu baden?

Über das Streichquartett von Zemlinsky sagte Rehlein: „Diese Musik gefällt mir auf Anhieb!"

Wir hörten gut zu, doch vieles erschien mir zu nüchtern und hindemitsch gespielt, interpretiert und eingefärbt. Von jemandem, der seine Briefe spröd mit „Gruß Han-Lin" unterschreibt.

Ich stellte mir vor, wie die Han-Lin als Pädagogin sehr darauf schaut, ob eine Interpretation wohl schlüssig ist?

(„Warum spielst du mit einem Male im halben Tempo??")

Ich selber könnte meist gar nicht sagen, ob eine Interpretation „schlüssig" ist, denn auch eine Lebensgeschichte muß ja nicht unbedingt schlüssig sein, und von den Wirrnissen und Irrungen des Lebens erzählen doch die meisten Musikwerke.

Ich achte bei meinen Schülern, bzw. meiner einzigen Schülerin Frau Schinke eher darauf, daß sie gefühlvoll spielen. (Bislang leider vergebens.)

Über das Spiel des Streichquartetts sagte Rehlein: „Da ist noch sehr viel jugendliche Kraft drin, und die <u>geht</u> nämlich verloren!"

Daraufhin diskutierten wir über die schwindende Kraft im Alter.

„Beim Spielen schwindet meine Kraft nicht, aber beim Proben schon!" wußte ich zu berichten, und schon gestern hatten Rehlein und ich seufzend darüber gesprochen, warum Cellisten und Bratscher immer so gerne reden bzw. sich einfach selber zu Wortführern ernennen, auch wenn niemand darum gebeten hat.

Ich sprach davon, wie sich die Cellisten oftmals einfach selber zur Leitkuh ernennen, und dabei gilt´s doch, dies´ Hochamt über dramatische Kämpfe erst mühsam zu erwerben.

Auf einem Spaziergang durch den Wald:

Ich erzählte Buzen von unserer Lehrerin in der zweiten Klasse in Taiwan: Einer vornehmen Dame aus Peking, die es schauderte, sich das grausliche Taiwan-Chinesisch anhören zu müssen. Ich versuchte Buzen zu verdeutlichen, wie es sich für ihr Ohr wohl ausgenommen haben dürfte, und Buz sollte sich hierfür den Opa vorstellen, der, behaftet

mit der Sicherheit, daß im Schwabenland das beste Deutsch gesprochen würde, als Lehrer in eine Berliner Schule verpflanzt worden wär.
„Ick jeh mal rasch hoch nach Omi!"
Brrrrr, da schüttelt sich ein Schwabe – und ich mit ihm.

Mittagessen auf der Terrasse:
Wir sprachen darüber, wie ein Hund die wahre Persönlichkeit seines Herrchens widerspiegelt und in die Welt hinausträgt. Die Rede kam auf Herrn Sieben, unseren Deutschlehrer und seinem grässlichen Hund „Anton", dessentwegen man Herrn Sieben zehn Jahre lang nicht besucht hat.
Der Anton hatte den unangenehmen Charakter eines alten deutschen Studien- oder auch Stupidienrats, in dessen Nähe einen scharf das Gefühl der Unzulänglichkeit bewegt.
Jetzt ist der Anton alt und liegt nurmehr wie ein Teppichvorleger herum. Die unsympathisch, knurrige Art hat er allerdings beibehalten.

Hurra! Abends klappte es mit der Webkämmerei: Man sah den erfreuten Onkel Dö in Cape Cod. Seine Tochter Julie im Hintergrund telefonierte soeben mit ihrem Schwiegervater, der Geburtstag hatte, und als das Telefonat beendet war, bekamen auch wir sie zu Gesicht, und die Julie lachte so bezaubernd, wie einst das junge Mobbele.

Auch Buz als Onkel zeigte sich, und leuchtete vor Freude über den knusprigen Anblick aus Übersee.

Abends kam ein Film über Viviane Hagner (eine Geigerin). Sie sagt „..ganz, ganz…" und „..sehr, sehr…" um ihre Sätze schwärmerisch aufzubauschen, und wackelt oder vibriert dazu mit dem Haupt. Blöd finde ich, daß immer irgendwelche anderen Musiker beschreiben sollen, *wie* sie spielt, und diese anderen würden natürlich gern in der *scheinbar* erlesenen Gruppe „Viviane Hagner & friends" mitspielen, und machen daher übertriebene Worte, die völlig an der Realität vorbeigehen.

Montag, 5. Oktober

sagenhaft. Warm, blauer Himmel, Herbstglanz

Wenn man sich morgens in den Tag hineinpflanzt, hält man ja erstmal ein blütenweißes, frisch abgezupftes Kalenderblatt in Händen, das man nun vielleicht ganz schön gestalten könnte?

Das süßeste Rehlein hatte heut schon die gleichen Überlegungen getätigt wie ich: Ob Buz heute in 10 Jahren immer noch Mon- und Freitags auf Maloche nach Wien fährt? Bis dahin ist Buz so alt wie´s heut der Jorberg ist.

„Ja natürlich!" sagte Buz unbekümmert.

Da dachte ich natürlich auch noch an die anderen Akteure in diesem Bühnenschauspiel: *Die bis dahin 40-jährige Julia Kim geht immer noch zu Buzen in die Lehre. Die Veronika ist 74, und der Jorberg mit 91 ½ sei körperlich zwar noch fit, habe allerdings damit angehoben, geistig nun doch stark abzubauen. Mutti Himstedt ist da sicherlich nimmer da*, weitete ich meine Überlegungen aus. Sie ist ein Typ wie die Omi Mobbl, kann auch „ganz anders" sein, und wird meiner groben Schätzung zufolge etwa 88 Jahre alt.

Nachtrag Anfang 2019: Falsch! Beide sind noch da, und der Jorberg hat geistig keinesfalls abgebaut.

Schrübe ich der Veronika jetzt, *so würde der Jorberg den Brief wahrscheinlich abfangen und vernichten, nachdem er ihn gelesen hat.*

„Es ist fürwahr besser, wenn die Veronika eine Weile lang Abstand zu ihrem alten Leben hält!" bildet er sich ein, zum Wohle seiner Liebe zu handeln, doch wie immer: Die Veronika als Frau frägt er gar nicht.

Bei Dunkelheit holte ich Buz vom Bähnle ab. Buz war nett! Ich erfuhr allerdings, daß ein Schüler Buzens leider so langsam lerne und etwas denkzäh sei, während die bezaubernde Taiwanesin „Isabella" Buzen so viel Freude bereitet.

Dienstag, 6. Oktober

hochsommerlich. Nur hi und da mehlige Überzüge

Am Morgen träumte ich, *daß ich ein eheliches Anhängsl eines reichen Mannes war, und nun schwamm man gemeinsam in einem Urlaubsparadies herum, welches sich der Leser folgendermaßen vorstellen muß: Den Elefantenpalast vom Zoo Hannover – allerdings vorwiegend mit Gewässern „ausgekleidet" auf welchen man dösend in aufblasbaren Ufos, solcherart wie eines im Schwimmbad der Poppingers schwimmt, herumtrieb, und sich vom süßen Nichtstun umspielen lassen durfte. Ich hatte mir in einer blütenförmigen frischgebackenen Waffel ein köstliches Möwenpickeis servieren lassen: „Belgische Chocolade mit Meersalz". Doch nun entdeckte ich in meinem Eis den abgeschnittenen Fingernagel eines alten Mannes, unter welchem sich ein leichter Schmutzfilm befand!*
Um sich zu beschweren, mußte man zwischen zwei überhängenden Felsen hindurch in die Küche schwimmen. Alles schaute so schön aus: Wie in Afrika, oder auch in 1001 Nacht.
Bevor ich mich allerdings beschwerte, aß ich noch weiter, und das Eis schmeckte immerhin köstlich.
Beim Koch, an den die Beschwerde zu richten war, handelte es sich genau um den Nämlichen, bei welchem Ming sich im wahren Leben einst wegen einem Haarbüschel im Essen beschweren mußte.

„Zwei Beschwerden innerhalb kürzester Zeit!"
(dachte ich im Traume)

Ich fuhr nach Lielach – nein, es muß anders heißen:
Ich fuhr in die Bäckerei Lielacher.
Heute bediente die verstorben geglaubte, historische alte Bäckersfrau, (aus jenen Zeiten, als die Großeltern noch gelebt haben) mit ihren geheimnisvollen selbstgepinselten tintenschwarzen Augenbrauen, und war recht nett.

Buz berichtete von einem hocharroganten Wiener Dirigierprofessoren, der neulich einfach Buzens Unterrichtsraum usurpiert hielt. Die pünktlichen und fleißigen asiatischen Studenten herrschte er alle so unschön an, daß sie erschrocken von dannen stoben wie Federvieh, dem man einen Stein ins Gehege wirft, und dann legte er sich auch noch auf häßliche Wiener Art mit Buzen an, der ihn todesmutig aus den Räumen zu vertreiben suchte. Später erschien dann die Sekretärin, um sich zu entschuldigen: Man habe sich im Stockwerk geirrt. Ein Fehler! Den Fehler verzieh der süße Buz gern, allerdings sagte er zur Sekretärin, der Herr selber sei ein Fehler!
„Da können´s recht haben!" zitierte Buz die Sekretärin und lachte auf platschende Weise an´s letzte Wort angeschmiegt so bezaubernd, da er immer so verzückt und gerührt von zwischenmenschlichen Verbindlichkeiten ist.

Wir aber ärgerten uns über den koloßartigen Wiener. D.h., ob er „koloßartig" war, weiß ich natürlich nicht, doch vor meinem inneren Auge leuchtete er so auf, und jetzt spann ich die Geschichte nach Art einer 10-jährigen weiter: Wie Buz sich dererlei nicht gefallen lassen dürfe: Er solle diesen Herrn mit einem Schmetterlingsnetz einfangen, ihm einen Sack über den Kopf stülpen und ihn im Auto nach Ofenbach bringen. Dort sperren wir ihn dann 24 Jahre lang in den Frizzl-Keller.

Jetzt, wo ich diese Zeilen hier niederschreibe, tritt mir ins Gemüt, daß ich diesem Dirigenten als erboste Tochter, die ein derartiges Fehlverhalten ihrem geliebten Vater gegenüber im Grunde nicht dulden dürfe, ja theoretisch eine schäumende E-Mail schicken müsste, wo ich ihm Folgendes schrübe: „Wir sperren Sie 24 Jahre lang in unserem Frizzl-Keller ein, Sie… Sie…Sie…- mir fehlen die Worte!" und dann hat Buz diese Geschichte womöglich nur erfunden oder zumindest stark übertrieben dargestellt?

Ich überlegte, wo man wohl am 7. November noch ein Konzert dingfest machen könne, und Rehlein & ich hatten die gleiche Idee: In Bensheim.

Von dieser frischen Idee getragen, setzte ich einen Brief an die Bergners auf. Doch das als Geschäftsbrief konzipierte Schreiben, gerann mir zu einem ellenlangen Früchtebrotbrief: Sinnierend erinnerte ich mich daran, wie deren älteste Tochter Susanne,

unter dem kaum zu entkräftenden Verdacht der Untüchtigkeit stand, und fabulierte einfach drauf los: Wie ich einmal fast den Frankfurter Zoo besucht hätte. Doch dann sei mir jene Episode eingefallen, wie sich die Susanne, statt zu studieren, den ganzen Tag im Zoo vergnügte, und daraufhin hätte ich den anvisierten Zoobesuch erbarmungslos gestrichen, da mir die Susanne als Beispiel diente, wie man es wohl lieber nicht zu weit treibe mit seiner Untüchtigkeit ← na, wer´s glaubt! –
(So schrieb ich, doch dies stimmt eigentlich nicht ganz – ich hatte lediglich keinen Parkplatz in Frankfurt gefunden.)
Die Bergners sind eilige, arbeitsame Leute und würden den Brief nur überfliegen, und dabei barg er doch die verschämte Kernfrage, ob ich wohl bei denen konzertieren dürfe?

Buz versuchte, mir das Unterrichten schmackhaft zu machen, doch im Grunde ist´s ja so, als wolle *ich* Buzen dazu animieren, Tagebuch zu schreiben: Er täte es ja auch nicht, und ein Jeder tendiert dazu, jene Tätigkeit als heilbringend anzupreisen, die er selber ausübt.
„Unterrichten muß man <u>lernen</u>!" sagte Buz bedeutungsvoll, und ich wiederum sprach fast buzesartig über die Bestseller, die man mal schreiben könnte.

Buz hat eine Beule an der Stirn, deren Ursprung unbekannt ist.

Zur Jausenstund philosophierten Buz und Rehlein ein wenig darüber, wie dumm die meisten Menschen sind, und nutzten das Schillerzitat „Verstand ist stets bei Wenigen nur gewesen" zur Untermauerung ihrer Worte.

Buz sagte über das abendliche Fernsehprogramm: „Kommt nichts G´scheits!" grad so, als würde er alt, und sein Interessensradius schnurre zusammen. Ich erzählte, wie die Interessen von Omi Ella im Alter immer mehr ausdörrten.
Über die Zeitungsschlagzeilen, von mir mit Frische in der Stimme vorgelesen, sagte sie je: „Wolln wr nich höörn!"
„Ernst-August prügelt Pfarrer krankenhausreif" (von mir erfunden)
„Ja, lies mal!"← (müd und altersdepressiv).

Abends rief mich meine liebe Freundin Ute B. an. Ich erfuhr, daß man den Opa zu sich genommen habe, und das Leben mit dem alten Mann aus Norddeutschland, sei sehr nett und bereichernd.
Die kleine Feli machte in Italien Straßenmusik auf der Geige und verdiente 2000 €! Allerdings war´s zu 100% für die Erdbebenopfer gedacht, und ich hatte schon gemeint, die 12-jährige Feli dürfe diese saftige Summe einfach so verjubeln.

Mittwoch, 7. Oktober

ein Geschenk!
Einfach <u>traum</u>haft schön und hinzu ganz warm.
Allerdings soll´s in zwei Tagen
wieder kalt und regnerisch werden

Rehlein stak bereits im ersten Teil ihrer Doppelgymnastik, welche alsbald in eine Zen-Meditation mündete, wofür Rehlein sich auf einen kleinen Gebetsschemel hocken mußte. Ich hörte, wie der Zen-Zeremonienmeister die schönsten Versprechungen machte:
„Plötzlich bekommen langweilige und lästige Tätigkeiten eine Form, und man kann rund um die Uhr ein glückliches und erfülltes Leben führen."
(sagte er)
Doch es nützte wenig, denn nach dem Frühstück mußte Rehlein in den Wald stürmen, um sich wegen Buzen abzureagieren, und nun waren wir in dieser strahlend schönen Wetterlage erst einmal mutterfrei.

Ich zwängte mich hinter meine Violine und übte im Ashram das Schubert Rondeau, während meine Gedanken natürlich bei Rehlein im Walde waren. Ich hoffte, daß sich Rehlein bald abreagiert hätt´ und endlich wieder heimkehren würde.
Dann dachte ich noch an die arme Moni und ihren Schlaganfall, und vorallem auch an ihre armen Kinder! „Wenn ich mir vorstellte, meine geliebte

Mutter hätte einen Schlaganfall!" dachte ich mehrfach schaudernd, und sehnte Rehlein doppelt und dreifach wieder herbei.

In meiner ersten Pause lief ich mit meinem obligaten Apfel vor´s Gatter und blickte in (fast) alle Himmelsrichtungen, um zu schaun, ob man Rehlein vielleicht wenigstens als ganz kleines Pünktchen irgendwo ausmachen könne? (Vergebens) Dann schaute ich auch noch, ob man vielleicht Opa & Mobbl irgendwo sieht, denn letztendlich ist´s einem ja freigestellt, nach wem man Ausschau hält – (natürlich auch vergebens, da die ja schon verstorben sind.)

Nach einer Weile war Rehlein wieder da, hatte aber ihre erloschene, saure Stimmung, in welche sie sich durch verärgerte Gedanken hineinmanövriert hatte, leider beibehalten.

In der Ferne lärmte wieder eine Säge und ich wurde so maßlos zornig davon. Mobbl in mir grollte und brodelte auf, und mußte dringend Dampf ablassen. Es sei der Hartig, so Rehlein, der da lärme.

„Dem legen wir eine giftige Wurst vor die Tür!" schäumte ich bös, „wir fangen ihn ein, und sperren ihn in den Frizzlkeller zu dem grantigen Dirigierprofessor!"

Donnerstag, 8. Oktober

> Ein Rest an Schönwetter blieb,
> doch mir gefiel es nicht so:
> zu helles Blau und Schlierwolken

Dem Ayhan (einem Türken in Ofenbach) sterben sämtliche Frauen hinweg, so daß er im Schnitt alle zwei Jahre eine Neue braucht.
Einmal war Rehlein als Gast bei denen zu Besuch, und die damalige Frau aus Serbien kochte ihr Kaffee. Doch über diesen Kaffee sagte Rehlein nach dem ersten Schluck, daß sie den nicht trinken könne, denn sonst fiele sie augenblicklich tot um. Und genau diesen Kaffee trank die Serbin den ganzen Tag und rauchte dazu Kette!
Leider gab´s Sprachschwierigkeiten zwischen ihr und ihrem (damals) neuen Mann: Der Mann sprach türkisch, sie serbisch, und beide hinzu rudimentärstes Kanackenösterreichisch.
Rehlein machte vor, wie der Ayhan seiner neuen Frau den Besenstil reichte:
„Du put-zen!" sagte er erklärend wie der Polt in einem Poltsketsch, und „A-bends vö-geln!"
Doch eines Tages fiel die serbische Frau tot um.

Ich stellte mir vor, *wie der Jorberg eine Reise „Traumhochzeit inclusive" bucht, und die Veronika zehn Minuten vor der geplanten Eheschließung damit überrascht.*

Alles ist vorbereitet, und das einzige was noch aussteht, ist das feierliche Ja-Wort.
Mutter und Schwester hätte der Jorberg sehr gerne generös einfliegen lassen, doch die legen ja immer gleich den Hörer auf, wenn er anruft.

Freitag, 9. Oktober

trübe und regnerisch

Ich als Schlaftrunkene fühlte mich an wie ein neugeborenes Füllen: So wie jemand, der gar nicht auf die Beine kommt.

Später besuchte ich den Supermarkt, und stellte mich um ein Salzstangerl an. Außer mir stand bereits eine wartende Seniorin da, und ich stellte mir vor, wie ich vielleicht eine Geste mache, die bedeuten solle, daß diese Seniorin schon vor mir da stand, falls sich das Bäckereifräulein erstmal an mich wenden sollte. Als Ausländer fühlt man sich eh so an, als wolle man gleich den Mund aufmachen und müsse hilflos mit anhören, wie sich vielleicht ein: "Griiiieß Gott!"← oder irgendetwas Dummes, mit dem man sich überhaupt nicht identifizieren kann, seinem Inneren entwindet, und windschief im Raume stehen bleibt?

Das Bäckereifräulein hatte leider nicht den geringsten Scharm. Ganz kurzangebunden und unverbindlich wickelte es den Kauf ab. Nein! Zumindest dieses Bäckereifräulein kann mit den Bäckereifräuleins in Deutschland nicht konkurrieren.

Spaziergang mit Rehlein zur Nachmittagstund´:
Zu Beginn des Promenats sagte mir Rehlein immer bloß, wie ich technisch besser laufen solle, und wollte wissen, ob mir wohl kalt wäre?
„Jetzt musst du aber wieder etwas Interessantes reden!" sagte ich schnell, weil ich die kostbare Zweisamkeit mit Rehlein doch auskosten wollte.
Am Rasingerschen Bauernhof wuchs Schneidegras aus dem Zaun heraus, und ich stellte es mir so ganz lustig vor, *wie man da läuft, und dann wird einem einfach der Kopf abgeschnitten und rollt noch kurz die Straße entlang, und auf dem Höhepunkt der schöpferischen Kraft ist das Leben jäh vorbei.*
Vor dem Hoftor entschälte sich Rasingers Alois seinem Auto, doch er nickte uns nur ganz unverbindlich zu, so als habe er leichte Aversionen gegen uns entwickelt. („Die depperten Daitschn da oubn!" mag er sauertöpfisch über uns denken)←na, man kann´s verstehen, und fühlt sich dennoch leicht begossen und aus der Dorfgemeinschaft ausgeschlossen.
Na wenigstens war die Hundemutti im ersten Haus am Hauerweg freundlich zu uns, und als wir ihre

Aura streiften, redete Rehlein viel volkstümlicher als sonst.

Ich bat Rehlein, mir Jorberg-Geschichten zu erzählen.

Man läuft den Hauerweg in die Höh´, und hinter einem Gehöft steht eine Bank, die wir einmal „Fritzibank" genannt haben, denn immer wenn Ming und ich früher draufsaßen, erzählten wir uns eine packende Geschichte über einen jungen Geigerbursch namens Fritzi, der offenbar etwas Erzählstoff bot.

Die Fritzibank heißt zwar immer noch Fritzibank, doch wir erzählen einander keine Fritzi-G´schichten mehr.

Es bot sich direkt an, sie in „Jorberg-Bank" umzubenennen, doch wir liefen einfach weiter, und Rehlein erzählte fesselnd, wie Veronika & Jorberg ihre Flitterwochen in Sumatra verbringen, und wie der Jorberg einen Zeitungsartikel dabei hat: „77-jährige Rumänin bekommt Zwillinge!" Den legt er der Veronika neben ihr Frühstücksgedeck, da er auch Zwillinge in Kauf nehmen würde.

Herr Heike hatte Rehleins rührenden Kommentar zu seinen Kompositionen bei youtube entdeckt, und gleich erfreut zurückgeschrieben, da er ja keine Ahnung hatte, wer sich hinter dem Pseudonym „Erilein1" verbarg.

„Und wie gefallen Ihnen die anderen Werke?" schrieb er hoffnungsfreudig, da auch er, dem Jorberg

nicht unähnelnd, gern die ganze Hand zu fassen pflegt, wenn ihm der kleine Finger gereicht wird.
Rehlein klärte ihn in einem kleinen E-Mail auf.
„Liebe Frau Erilein! Jetzt bin ich sehr überrascht, aber auch etwas enttäuscht…" schrieb Herr Heike zurück, da er natürlich gehofft hatte, endlich würde mal ein Unbekannter auf seine schönen Werke reagieren.

Samstag, 10. Oktober

grau und trüb

Abends kam ein „Tatort" mit dem bei Rehlein & Buz doch ziemlich beliebten Kommissar Schenk, doch wie immer hatte ich „koi Zeit" mir „den Spaß" mal anzusehen, und retirierte mich wieder zum Üben in die oberen Gemächer.
Beethovens Violinkonzert mixte sich mit dem Gelärme unserer Mitmieter, den Mardern, und tönte auf die Fernsehenden hinab.
Doch später hieß es, man habe meinen Fleiß gar nicht gehört, und am Abend war´s so, daß ich mich, allein in meiner Generation, etwas abseits vom Weltgeschehen dastehend, leicht unartgerecht gehalten fühlte, so wie einst die Yvonne im Zoo Rostock.

Die Erwachsenen schauten fern und spielten Rummikub. Ich selber hatte die Geige zusammengepackt, und setzte mich in einer gewissen Sesselschwere und einer defekten Sprungfeder am Po in den grünen Sorgenstuhl, aus dem ich dann nicht mehr so leicht hinwegfederte – leider!

Da saß ich nun, meine Gedanken jedoch hatte ich nach Manolzweiler gelenkt: *Der Jorberg spielt mit der Veronika nie ein Spiel, da er vom Spielen immer schlechte Laune bekommt. Er ist eifersüchtig auf das Spiel, weil er meint, die Veronika fände das blöde Spiel interessanter als ein klärendes Gespräch mit ihm.*

Sein schlechter Launenspiegel steigt von Minute zu Minute und mündet schließlich in eine häßliche Szene, in deren Folge der erboste Jorberg die ganzen Spielsteine vom Tisch fegt.

Heute las ich Rehlein nichts vor, sondern busselte nur auf ihr herum.

Sonntag, 11. Oktober

manchmal eine gewisse Milde –
oder ein müder, kalter Sonnenschein.
Ansonsten grau,
und nächste Woche soll es leider ganz kalt werden

Buz im Sorgenstuhle wurde von Rehlein zum Duschen in den Keller hinabkommandiert.
„Du gehst nicht ohne deinen Morgenmantel!" rief Rehlein dem Wegstrebenden streng hinterher, doch Buz hörte nicht auf sie.
So brachte *ich* den Morgenrock hinab, und Buz - im tropischen Sommerdampf des Duschhäusls vom Weltgeschehen weitestgehend hinweggeblendet - fand das unnötig.

Die ganze Zeit surrte die Dörrmaschine und warm munden mir die gedörrten Apfelstückchen am besten. Manchmal bebettel´ ich Rehlein, indem ich meinen Arm barmend ausstrecke – mich dabei allerdings wie ein kleiner Elefant fühlend. Mein Arm wird zum Rüssel, und stopft mir Rehlein ein Apfelstückchen in den Rüssel, so fühle ich mich ganz wunschlos und froh, und dann machte ich Rehlein noch vor, wie die Elefantenrüssel gerne in den Taschen der Pfleger nach Leckereien suchen.

Heute fuhren wir nach Bad Erlach zum Integrationsfest, wo es immer so leckere Speisen gibt, und Rehlein freute sich schon ganz arg darauf.
Wir Damen radelten voraus, weil Buz noch die „Lindenstraße" anschauen mußte.

Hi und da schaute Rehlein auf die Uhr, wie weit die Lindenstraß´ wohl schon gediehen sein mag, und ob man wohl bald mit dem Auftauchen unseres

Familienoberhaupts rechnen dürfe? Rehlein war sehr besorgt, zumal die feinsten Speisen, die man durch Buzens Sinne so gern nochmals mitgenossen hätte, bereits hinweggeräumt zu werden drohten.

Da möchte man sich von Buzen freiatmen, und ist doch gedanklich nur mit ihm beschäftigt.

Wie das wohl wird, wenn Rehlein dereinst mal Witwe ist?

Ständig schaut man als frischgebackene Witwe auf die Uhr und frägt sich: „ob der da OBEN schon gut angekommen ist?"

Doch dann sah man Buz viel früher als gedacht, als Herbeikömmling am Fenster aufschimmern. Ich wunk so freudig, als wäre Buz nach Jahren soeben wieder auf heimischem Boden gelandet, und lüftete ihm mein Glas mit der Aufschrift „wo geht´s zu KIKA?" entgegen.

Dem Ankömmling wurden die schönsten Speisen kredenzt, und die freundliche Suppenfee, die uns zuvor Borschtsch ausgeteilt hatte, erwies sich als kontaktfreudig und interessiert, indem sie aktiv auf die Bevölkerung zuzutreten pflegt, und nun auch auf Buzen. Man habe sich doch neulich in der Eisenbahn kennengelernt!?! Damals stand Buz kurz vor einer Reise nach Amerika. Doch! Er habe einen Violinkasten bei sich getragen.

Ich bildete mir ein, Buz würde sich ein bißchen rot einfärben, so als habe er der Dame womöglich das Blaue vom Himmel vorfabuliert um sich zu brüsten,

oder aber sich zumindest für eine kleine schöne Weile in einer Traumwelt zu befinden?
„Sie waren doch in erster Ehe mit der deutschen Bundeskanzlerin verheiratet…..sagten Sie das nicht?? So habe ich es zumindest noch im Ohre."

Montag, 12. Oktober

grau. Zuweilen regnete es

Am Morgen fuhr ich Buz in strööömenstem Regen zu seiner Bahnplattform, und hernach wendete ich auf dem Bahnhofsvorplatz eher ungeschickt. Dies lag wohl daran, daß die Wellenlänge des Fahrers hinter mir sich anfühlte, wie von einem als Mao Zedong, Kim Jong Ill, oder Jörg Haider aufgeplusterten Radax*verschnitt.
Er schaute aus wie ein grantiger Niederösterreicher, der über mich als Autofahrerin denkt: „Die depperte Daitsche do!"

*Der Radax war unser gefürchteter Mathematikprofessor in der österreichischen Schule.

Man muß natürlich sehr aufpassen, daß es einem nicht so ergeht, wie Susanne Bergner: Plötzlich steht man bei seiner eigenen Mutter im Ruf der

Untüchtigkeit, und diesen Ruf wird man so bald nicht wieder los. Da müsste man im übertragenen Sinne schon stundenlang die Heugabel schwingen, und dies möglichst jeden Tag.

Zum Konzert nach Dürrwangen hab ich ja auch Veronika & Jorberg eingeladen.

Doch der Jorberg kommt wahrscheinlich alleine, weil er meine Briefe für die Veronika neuerdings immer unterschlägt.

„Für Veronika ist es fürwahr besser, wenn sie eine Weile lang Abstand zu ihrem alten Leben hält. Das heilige Pflänzlein unserer Liebe muß erst gedeihen!" *(denkt er,* oder dachte zumindest ich im Moment für ihn.*)*

Somit kommt er allein.

„Veronika ist im 3. Monat, und fühlt sich nicht so…" sagt er vage, doch dadurch, daß er ja nur den 3. Monat meint, den sie nun bei ihm lebt, ist es ja keine wirkliche Lüge und wird von Petrus womöglich mit einem Augenzwinkern quittiert?

Abends chättete Rehlein mit Onkel Dölein, der so süß ausschaute, und ganz einsam in der Wohnung in Cape Cod saß. Ausgesprochen nett!

Rehlein hielt ihm ihre Zeichnung vom Opa vor das Skype-Auge, so daß man hätte meinen können, man skype mit dem Jenseits.

Wir stehen an der Schwelle zu einem schrecklichen Frosteinbruch. Draußen war´s bitterkalt und windig, und vor dem Bahnhof mußte ich noch eine Weile lang auf Buz warten. Dann kam er aber doch. Buz war etwas ausgelaugt und trotz Nettigkeit eher schweigsam gestimmt, und daheim hatte Rehlein Kummer mit zwei Fingern, die einfach blau angelaufen waren. Mir wurde ganz blümerant vor Sorge.

Dienstag, 13. Oktober

kalt und grau. Zuweilen etwas Sonnenschein

Zum Frühstück erzählte ich launig von der Christina, die als Hausfrau einen zweifelhaften Ruf genießt.
„Doo koosch nächtigö! Da hat bloß der Chrischtoph zwei, drei Nächtö drin g´schlafö!"
Nach mir kommt dann ihre Mutti zu Besuch.
„Da hat d´Franziska grad mal zwoi Nächt´ drin g´schlafö!" sagt die Chrischtina unbekümmert über die benützte Bettwäsche, doch Mutti Wirth auf ihre gütige Pfarrfrauenart, sagt: „Dös isch mir net so recht, Kind!"
Daraufhin wühlt die Chrischtina in der Wäschetruhe, weil sie im vergangönö Jahr leider net zum waschö kommö isch.
„Da hat meiner Meinung nach nur d´ Vaddr drin g´schlafö! Dös koooosch nehmö!"

Ich schoss ein Foto von Buzen, der ernst an seinem Buch arbeitete, und erzählte ihm, daß dieses Bild nun in meine „Wolfram König-Biographie" käme, die ich demnächst zu schreiben gedächte. Ich sagte allerdings ausversehen „meine Emil-Erpel-Biographie", doch der konzentriert arbeitende Buz hörte es gar nicht.

Zur Nachmittagsstund gönnte ich mir einen kleinen Kaffee und versenkte mich dazu in die Geschehnisse von vor einem Jahr. Man hätte neidisch auf sich selber sein können:
„Onkel Dölein tauchte aus dem Souterrain ins Tagesgeschehen empor", so las man.

Etwas Kummer und Sorgen mache ich mir ja derzeit wegen Rehleins Säurepille, die sie nun zwei Jahre lang gegen die Osteoporose einnehmen „muß". Was, wenn man davon trocken und bisgürnig wird?
„Man kann nicht immer nur watschelweich sein!" sagte Rehlein zu meinem bekümmerten Bedenken trocken und bisgürnig, während ich an den Ofen gelehnt, sinnierend so da stand.

Mittwoch, 14. Oktober

kühl, doch hi und da etwas Restsonnenschein. Dünnes Geniesl, - zuweilen fast schon Geschniesl

Es lief die Mittwochsgymnastik, die ja eher dem Meditativen denn der Leibesertüchtigung geweiht ist: Die Erwachsenen standen wie Bäume im Wind leicht gebogen herum, und ich tat gleich mit.

Der Kenner weiß allerdings, daß Buz in dererlei Posen nicht lange verharrt, und tatsächlich war Buz verschwunden, als wenig später der Zen-Meister in Erscheinung trat.

Es handelte sich allerdings strenggenommen um einen Etikettenschwindel, da das nämlich ein Österreicher ist, dem der Zen-Buddhismus nicht so recht zu Gesichte stehen will, und man aus einem Flamingo, wie man weiß, kein Nilpferd machen kann – oder auch umgekehrt.

Der „Zen-Meister" saß auf einem kleinen Brückerl am See, bereit gleich loszumeditieren, und in den See regnete es leise hinein, während das süße Rehlein auf dem Gebetsschemel Platz genommen hatte. Ich setzte mich hinter Rehlein, und weil es so feierlich und tief religiös wirkte, sagte ich kein Wort.

Abends rief die Veronika an.

Ich frug die Veronika, wie ihr das Zusammenleben mit dem Jorberg gefalle, doch es gefällt ihr nicht.

Allerdings war die Veronika bei der Beantwortung dieser doch sensiblen Frage soeben von Reue erfüllt, da sie heute schon so häßlich zum Jorberg gewesen sei.

Schlimmer als jetzt sei´s allerdings in Nürnberg gewesen, wo sie immer so eng aufeinander hockten – und nun leben sie wenigstens in einem großen Haus. Bei der Einrichtung von ihrem Zimmer habe ihr der Jorberg immer einfach dazwischengequatscht.

Donnerstag, 15. Oktober

grau. Sehr frisch

In Lanzenkirchen hat´s unlängst ein Fest gegeben, auf welchem auch der neue Pfarrer, ein Mohr aus Afrika, vorgestellt wurde. Die Johanna (die Tochter von Rehleins Kusine Irene) hat bei dieser Gelegenheit Forellen verkauft, und einige Tage später hat sie an der Bahnstation einen Mohren gesichtet und gemeint, dies sei der neue Pfarrer. Da gesellte sich die kontaktfreudige Johanna hin, und beplabberte den freundlichen Herrn aus dem Busch munter auf quirlige Backfischart.
Der Mohr hat sich sehr gefreut - wo die österreichischen Frauen doch sonst meist so spröd sind - doch dann stellte sich heraus, daß dies ein gänzlich Anderer war, der nur für das ungeübte Auge so ausschaute, als sei´s der Geistliche aus Afrika.

Nach dem Frühstück gab mir Buz eine Fingeraufklappfinessenslektion, und ich war gebannt, mit welcher Liebe, Sorgfalt und Hingabe der süße Buz unterrichtet.

Direkt nach der Violinstunde stürmte ich ins Ashram hinauf und übte unverzüglich los, obwohl ich theoretisch an den Kachelofen gelehnt auch hätte rumstehen können.

Oben an der Geige hatte ich mich somit ja auch den Ehegeschehnissen unten entwunden.

Nach einer Weile rief mich Buz zum Mittagsmahl.

Buz stak immer noch in einem leichten pädagogischen Rausch.

„Wie war das mit den Fingern?" frug er examinierend, und wenn man nicht aufgepasst hätte, so stüke er noch heute in dieser Lektion.

„Es gibt aber nur Sauerkraut," sagte Rehlein, „und ein Würstl. Ein Demeter-Würstl." Rehlein bedauerte es, daß sie vergessen hatte, Senf zu kaufen.

„Ich glaube, das Würstl spricht für sich!" sagte ich mit Wärme.

Abends kamen Ming und Friefuß* aus Deutschland.
*Eigentlich heißt er ja „Friedel", aber in seiner E-Mail Adresse hat er Vor- und Zunamen zusammengezogen, und so nenne ich ihn hier in meinem Diarium zuweilen „Friefuß".

Unten im Bad standen die Vettern am Waschbecken herum, sprachen über die Liebe, und es entstand eine Schülerlandheimatmosphäre wie in jungen Jahren.

Der Friefuß in seinem Sträflingsschlafanzug fühlte sich so schön warm und familiär an. Leider ist ihm ein Zahn an der Seite abgängig. Doch dies sieht er nüchtern – ebenso seine weißgewordene gemähte Igelfrisur. „Das ist vorbei!" sagte er unsentimental über seine Jahre als Beau und Herzensbrecher.

Freitag, 16. Oktober
Ofenbach – Dürrwangen

kalt. Geschniesel

Der Friefuß mit dem kahlen Sträflingshaupt zeigte sich in Form einer verunschärften Silhouette als Aufweckolant in der Türe.
Zeitgleich mit meinem Ofenbachbesuch rieselte auch der Kaffee aus, und es reichte nurmeht für eine finale Kanne.
Buz saß im Eck, aß sein köstlichen Grießbrei, und ein Stückerl Brei klebte an seinem Kinn.

Zum Abschied bekam ich von meinen Lieben noch ein Mützchen überreicht, das wie eine Pfanne ausschaute, und sich somit auch besonders gut als Spendeneintreiber nach dem Konzert nutzen lässt.

Samstag, 17. Oktober

am Vormittag nieselte es.
Nachmittags zwar auch grau und streng,
und doch versuchte sich zuweilen das wunderschöne
schwäbische Herbstwetter Bahn zu brechen

In der Zeitung las ich über Roman Polanski, der auf Sylt gedreht habe. Dort, so hieß es, seien dem sauertöpfisch Gestimmten die vielen anhänglichen Freunde auf die Nerven gefallen, die ihn umarmen und über gute alte Zeiten sprechen wollten.
Ich verabredete mich mit der Christina im Hotel „Altfrauenmühle" im Vergnügungspark „Tripsdrill", einem uralten, traditionsreichen schwäbischen Vergnügungspark – schon vom Opa bedichtet und besungen.
Vor dem Portal wartete die Christina auf mich, und wir Damen begrüßten uns herzlich. Obwohl es kalt und ungemütlich war, stellten wir uns trotzdem vor, wir würden das Portal ins Paradies durchschreiten: Man tritt durch´s Gatter und betritt eine andere Welt, wo es einfach schöner ist als auf Erden, auch wenn das Lokal leider wahnsinnig voll war, und der bezopfte, südländische Kellner eine Hektik ausströmte.
„Die Omas setzen sich da hin!" scherzte die Christina matt, denn so wahnsinnig scherzhaft ist´s ja eigentlich nicht (mehr).

„Nur Getränke!" sagte der Kellner hektisch. Ich aß nichts, und bestellte mir einen kleinen Kaffee, der abscheulich schmeckte.

Die Christina bestellte bald darauf Putengeschnetzeltes mit Kroketten, und ich erfuhr, daß sie leider wieder ein Kilo zugenommen habe.

Der Christoph sei mit vier Buben um den Claudius herum hier im Park, und man wolle sich um ¼ vor 1 treffen.

Zur Fortbewegung nutzt man ein Bähnle, bestehend aus bunten Wägen oder Pferdchen.

Man hätte somit auf einem Pferdchen Platz nehmen können – bloß, daß wir uns nach Art älterer Damen dröge in ein Wägele setzten. Die meiste Zeit über fror ich.

Das Bähnle fuhr einen mitten in den Park hinein, wo man sich nun ins Vergnügen stürzen sollte.

An der Tausendfüßlerbahn begrüßte ich mich dann mit dem Christoph, der mittlerweile grau geworden ist. Mit seinen grauen Wuckerln und der Tonsur auf der Hauptesoberfläche schaut er aus wie einst Martin Luther.

Mich lächelte er freundlich an, doch man spürte die bedrückende Kluft zwischen ihm und der Christina.

Den Claudius lernte ich nun als 8-jährigen, mit einer einfachen Eierwärmerhaube auf dem Haupt wie neu kennen. (Zuletzt gesehen vor 7 Jahren, als er noch ein kleines Wammerl war.)

Nur einer der fünf Buben schien plaudersam veranlagt, - alle anderen waren schweigsam und verlegen. Und den einen fand die Christina ordinär.
(Dies war der kleine Steffen, der halt gern etwas derb und lustig ist.)
Lauter Milleniumbabys, die man mittlerweile schon an der langen Leine führen darf.

An einer Stelle befindet sich ein „Badhaus", und ich stellte mir schon vor, wie man dort einfach gebadet wird. Die Wäsche wird einem ausgezogen, gewaschen und geplättet, und dann wird man frisch gebadet in die noch warme, duftende Wäsche zurückgestopft. Das dachte ich, weil an einer Leine so viele Wäschestücke hingen, und innen sah man Waschzuber, Badezubehör und Puppen – doch es war nur so, daß man in einem großen Zuber Platz nehmen sollte, der dann einen Wasserfall hinabgespült und ein bißl herumgebeutelt würd, so daß man dabei mitunter naßgespritzt wird.
Dies sei ja der besondere Kick an dieser Sache!
Auch ein Foto wird währenddessen ganz automatisch geschossen.
Wir standen jedoch nur herum, und schauten uns den Spaß von außen an.

Ich befrug die Christina nach ihren mütterlichen Instinkten, und tatsächlich ist es bei ihr ein bißchen so, wie ich es schon geahnt hab: Daß die nämlich nicht so ausgeprägt seien. Manchmal wird sie vielleicht von einer warmen Woge gepackt („Ich lieb´ ihn heiß & innig"), doch tief im Inneren kann sie mit so einem kleinen Jungen eigentlich nicht viel anfangen, und ist heilfroh, daß er beim Christoph lebt.

Bald darauf fuhren wir mit dem kleinen Richard in einem Bötchen auf dem See spazieren.

Von der Seeoberfläche aus, kann man auf einen in die Höhe ragenden Baumstamm am Ufer draufblicken, an welchem eine Holzvorrichtung befestigt ist, in die man sich hineinsetzen kann.

Die saust dann wie ein Fallbeil in die Tiefe und stoppt ganz abrupt, so daß sich der Christoph hierbei vor einigen Jahren einen Bandscheibenvorfall zugezogen hat.

Die Christina erzählte mir, daß der kleine Claudius seinen Papa gefragt hat, warum er sich von der Mama getrennt habe?

„Ich hab mich nicht von der Mama getrennt. Die Mama hat sich von *mir* getrennt!" habe der Christoph geantwortet.

Die selbe Frage hat der kleine Claudius seiner Mama dann auch gestellt, doch die Christina antwortete ihm wie folgt: „Woisch was? Dös isch mir ö bißele zu privat, und außerdem bisch du dafür noch zu klein!"

Den kleinen Richard ärgerte es leicht, daß dieses Wägele rot war, obwohl die Farbe für die Insassen praktisch keine Rolle spielt, da man die nämlich nur von außen sieht.

„Der Richard sieht aus wie mein Onkel Eberhard!" rief ich fröhlich über unseren Mitinsassen aus, und der Richard lachte darüber und erzählte, daß sein Opa auch Eberhard heiße. Schon hatte man eine Gemeinsamkeit, und „ich habe sogar schon mal in der Eberhardstraße ge<u>wohnt</u>! machte ich mich wichtig.

Hi und da schimmerte die Sonne durch strenge Kühle.

Wir besuchten das schwäbische Bauerntheater:
Der Braut war das Kleid zu eng, weil sie so dick war, und im Winkel saß ein gnitzer, schwäbischer Opa mit seiner Pfeife und sagte über seinen Enkel, den Bräutigam: „Erscht Rittmeischter, dann Zahlmeischter!"

Immer wieder fühlte man Christinas mangelnde Mütterlichkeit. Im Süßigkeitenladen sagte sie zu ihrem eigenen Sohn: „Hier gibt's Pfannkuchen mit Zucker und Zimt. Magsch du so was? Ich würd dich auch einladö!"
(So, wie man gemeinhin mit losen Bekannten redet.)

Wir sprachen über den Karschdn* in der Psychatrischen.

Als er noch bei der Christina lebte, konnte er sich morgens immer gar nicht erheben. Doch dies gehöre ja zum Krankheitsbild.

*Karsten: Christinas Freund

Die Christina ist jetzt ganz einsam, und sagte über das süße kleine weiße Mäusle, das bei ihr im Terrarium lebt: „Ich freu mich jetzt richtig über das kleine Mäusle!"
Der Claudius kommt nur einmal die Woche auf Besuch, und die Christina hat das Gefühl, er lebe gern bei seinem Vater, da der ihm einfach mehr Konstanz und Zuwendung bieten könne.
Ich erfuhr auch, daß Christoph und Christina dem Kinde zuliebe mal einen Neubeginn gewagt haben, doch die Christina sehnte sich nach Liebe, und begann sich in andere Männer zu verlieben. John, Erwin und schließlich den Karschdn, und das mit dem Horatio liefe nur so nebenher.

Sonntag, 18. Oktober
Dürrwangen (Stuttgart)

sehr frisch. Graue Wolken.
Bißl verhangen, so als stüken wir im Monat Januar

Oben im Bad bestieg die Christina mit ihrer Sumostöpslfrisur auf dem Haupt die Waage, und ich erhaschte einen Blick auf die Rückseite des massiven Nackedeis.
„Schlechte Karten!" murmelte die Christina niedergeschlagen, doch heute wog sie gottlob wieder 87,5 kg und gestern waren´s doch immerhin mehr als 88!

Die Christina wollte mich animieren, daß ich gegen eine geringe Miete bei ihr leben und vielleicht 4 – 5 Schüler in Calw übernehmen könne? Ich stellte mir ein solches Leben vor, doch der Gedanke stimmte mich leicht deprimant, und ich vermisste Ming davon.

Oben auf der Empore lernten wir die Organistin Barbara B., eine bebrillte, ökohafte Frau mit Herrenfrisur kennen.
Den freundlichen, kantigen, älteren Herrn daneben hielt ich für Pfarrer M., da ich schon im Voraus zu wissen glaubte, daß das M.bild, das ich mir gemacht und vorerst lose mit mir herumtrug, wohl ganz falsch sei? Dieser Überlegung zur Folge hielt ich nun somit einen Jemanden für ihn, der mit diesem inneren Bildnis keinerlei Ähnlichkeit aufwies.
Doch nun stellte sich heraus, daß es sich um den leicht stümperhaft orgelnden Kantor N. handelte, während Barbara B. nur die Seiten wendete.

Ich lernte Christinas Freundin Evelyn kennen, eine etwa 60-jährige Frau mit Schnittlauchlocken und einem Buckel, da ihr das Schicksal schon allerlei aufgebürdet hat: Mann & Sohn je verstorben! (*Einen* Sohn hat sie allerdings noch) Und diese Frau bediente nun die Kamera, da ich einen Film für Onkel Dölein plante.

Christina und ich spielten zwei Sätze aus Bachs Doppelkonzert im Sitzen, eng an die Orgel angekuschelt. Zwischen den Sätzen wurde gesungen und gefrömmelt, und ich fand´s ein bißchen traurig, daß die Evelyn die Kamera nach dem Verklingen unseres Violinspiels stets einfach abschaltete, da ich´s so gern gesehen hätte, wenn uns Onkel Dölein auch bei den frommen Gesängen bewundert.

Mutti Himstedt mit ihren beiden Töchtern, und Hilke und Omar mit ihren beiden Kindern waren ebenfalls gekommen. Auch Christinas Mutti, die milde und gütige Pfarrfrau, wie Frau Holle aussehend, war extra herbeigereist.

Der Omar saß ziemlich weit vorn an der Brüstung, und von hinten hatte er die ganze Zeit die Ausstrahlung eines Menschen, der an seinem Händi herumkrispelt, zumal ihm als Muslim diese Zeremonien doch wohl am Arsch vorbei zögen? – Doch wie schon so oft hatte man fehlgedacht, denn es war das Gesangbuch, über das er sich da rührenderweise gekrümmt hielt.

Montag, 19. Oktober
Dürrwangen (Rottweil)

nach Nebelschwaden zu Tagesbeginn
traumhaft schön

Christinas Leben ist ja leider alles andere als leicht, wenn sich mit etwas Müh´ natürlich auch einige schöne Aspekte daraus herbeiwringen lassen: Ihre wundervolle Mutti z.B.
Chrischtina: „Sie isch die beschte Mutter der Welt!"

Beim Frühstück freute ich mich über die gute Wellenlänge, da mir nämlich schon eine erste Anekdote aus meinem Leben einfiel, die ich erzählen wollte:
Wie ich mit Mutti Himstedt telefonierte, und Jorberg & Veronika „die jungen Leute" genannt habe, und während ich zu dieser Anekdote ausholte, fiel mir auch noch etwas Anderes ein.
„Für Konversationsstoff ist gesorgt!" dachte ich freudig, doch das Andere entfiel mir wieder, und auch jetzt beim Schreiben bekomme ich es leider nicht mehr zusammen, und dabei war das soo wichtig!
Ich erfuhr, daß Christinas Mutti es nicht so gerne sieht, daß ihre Tochter so aus dem Leim geht, und beim Essen ruft sie zuweilen: „Jetzt hörsch´ aber auf!" oder: „jetzt hasch aber wirklich gnung g´hätt!"

Und auch dem Vater blieben die üppigen Pfunde, die sich mit der Zeit um die Christina herumgeschlungen haben, leider nicht verborgen.

„Bisch du **dick** geworden!" habe er gesagt.

Heute wog die Christina wieder 87,8 Kilo, und ich stellte mir vor, wie sie eine Liste anlegt, die immer länger wird, und es über die Jahre etwa so weitergeht:

87,8
87,3
87,5
88,0
87,9 usw.

„Ein auf- und ab!" ließe sich somit darüber vermerken.

Besuch bei meiner lieben Freundin Ute B. in Rottweil, doch niemand war daheim.

An der Türe steht zu lesen: „Vorsicht! Nervige Kinder!"

Wieder hatte ich nicht bedacht, daß so fleißige und gute Frauen wie die Ute praktisch üüüberhaupt keine Zeit haben. Jeder Tag zu kurz, und die Kürze summiert sich.

Ich lernte die neue Haushaltshilfe, Phen aus Thailand, kennen: Leicht wie eine Feder und mit strahlend schönen Zähnen.

Am Abend fuhr ich in die psychiatrische Landesklinik, wo die Christina auf mich warten wollte.

Ich sollte Richtung Unterreichenbach fahren, aber Unterreichenbach ist ja in Bayern und hinzu 2 Std. und 7 Min. entfernt!
Doch wie so oft im Leben hatte ich leider nicht gescheit hingehört, und es handelte sich um <u>Ober</u>reichenbach.
(Oder umgekehrt?)

Der Klinikkomplex wirkte in der Dunkelheit sehr einsam, und draußen war´s hinzu so bitterkalt.
Durch die Nacht lief ein vereinzelter Herr, und dieser Herr, dem man alsbald begegnete, erwies sich als äußerst höflich. Er trug einen Bart und eine in eine zylinderförmige Kuchenform gepresste Frisur.
„Sind Sie die Frau Kika?" erriet er richtig, und stellte sich auf höfliche Weise vor: „Karschdn M."
Jetzt war´s passiert: Mitten in der Nacht begegnete ich an einsamer Stelle einem Psychopathen.
Doch es passierte nichts.
Die Christina wartete im hell erleuchteten Klinikinneren, das ebenso einsam und ausgestorben wirkte.
Im Lift sagte sie so rührend zu uns: „Meine zwei liebschden Menschen!" und schaute dazu so lieb!

Ich erzählte Karsten und Christina von Friedels Exe „Doris", einer Dame, die in einem äußerst komplizierten Ehegewebe stak: 14 Tage lang pures Glück, dann verdrosch oder verließ er sie, und 14 Tage lang war das Leben die Hölle.

Dann kehrte er zurück, gelobte Besserung – sie warf ihm die übelsten Ausdrücke an den Kopf, die man sich überhaupt vorstellen kann, und doch ging es immer so weiter.

Aber eines Tages sagte die Doris: „Du Luuuuuuser!"
Und da ging er – für immer.
„Entschuldigung! Das war nicht wirklich so gemeint. Das ist mir so herausgerutscht!" stammelte die Doris total erschrocken über sich selber. Aber der André (Kellner von Beruf) blickte sich nicht noch einmal nach ihr um.

Die Veronika hat ja somit doch noch eine letzte Trumpfkarte zur Verfügung: Sie könnte zum Jorberg nämlich sagen: „Du Luuuuser!" und davon würde er dann wahrscheinlich doch Schluß machen, denn ein so häßliches Wort lässt sich nie wieder einfangen, und würde immer zwischen ihnen stehen bleiben.
Zunächst würde er allerdings vielleicht sagen: „Biddö?"
Und die Veronika hätte wohl kaum den Mut, das unverzeihliche Wort nochmals zu benützen?

Wieder in Dürrwangen:
Leider müffelte das Terrarium, in dem das kleine Mäuslein lebt, und das einsame Mäusle tat mir so leid!
Doch morgen kümmert sich ja der kleine Claudius drum und endlich zeigt sich wieder die rettende Kinderhand.

Auf dem großformatigen Foto im Flur, worauf der ofenfrische kleine Claudius einst in die Arme seiner welken Uromi gelegt wurde, sieht das kleine Baby so furchtsam aus, weil es wahrscheinlich gemeint hat, dies sei ein Gespenst?

Jeden Tag fliegt eine Fliege mehr als am Vortag durch Christinas Küche.
Dies könnte daran liegen, daß heut´ der Christoph kurz da war, und in einem unbeobachteten Moment eine Tüte Fliegeneier in der Wohnung verteilt hat?
Dennoch machten wir es uns am Küchentisch gemütlich, und in der Zeitung las man von einem Herrn aus Calw, der 23 Kilo abspeckte und seine Erfahrungen in einem Büchlein veröffentlichte, das sogar bei der Buchmesse erschien!

Dienstag, 20. Oktober
Dürrwangen (Manolzweiler)

traumhaft schön!

Gestern hatte ich mir ausgedacht, daß es für Rehlein nicht verkehrt wäre, hier mal vier Tage lang Urlaub mit der Chrischtina zu machen?

Ich finde die Christina so ansprechend und interessant und glaube hinzu, sie würde sagenhaft zu Rehlein passen.
Ich fürchte allerdings, Rehlein wäre es hier zu staubig?

Um das süße kleine weiße Mäuslein mache ich mir auch Sorgen. Es führt im Grunde ein Schattendasein, und alle Verantwortung wurde auf die schmalen Schulterblätter vom kleinen Claudius draufgewälzt – z.B., das Terrarium auszumisten und zu putzen.
(Jeden Dienstag, wenn er zu Besuch kommt.)
Davon mußte ich auch an die Veronika denken, die ja, *grad wie dies Mäuslein, einfach in einem Terrarium gehalten wird. Man sagt sich: „Sie kriegt zu essen. Sie wird geliebt. Was will man mehr?"*
Die Veronika hat sich in ein kleines weißes Mäusle in einem Privatterrarium verwandelt.
Ihr geht´s doch gut. Was will man eigentlich?

Besuch auf dem schönen, wie von Dr. Seuss gezeichneten Hügel, auf dem die Veronika nun von einem älteren Herrn als Privatkonkubine gehalten wird:
Tatsächlich erkannte ich das Jorbergsche Haus mit den Solarzellen auf dem Dach noch vom Briefpapier her, auf welchem „der verhängnisvolle Brief" abgefasst war.
(Jener, mit welchem der Jorberg Rehlein im Sommer so tief beschämt hatte.)

Die Veronika selber öffnete die Tür, und auch der Jorberg, dem ein paar Haare aus den Nüstern herauswachsen, begrüßte mich freundlich.

Fast alles, was die Veronika z.Zt. erzählt, ist ö bißele uninteressant, da sie sich in Jorbergs Windschatten nicht so recht zu entfalten vermag:
„Wir haben schon zwei Konzerte im Dorf gehört!"
(Halt so etwas.) Ein Satz auf reiner Aufzählungsbasis.

Zum Abendessen sagte der Jorberg mit ganz viel Inbrunst ein antroposophisches Gedicht auf. „AAAMEN!" beschloß er es ausdrucksvoll mit raumfüllendem Pathos, und das, obwohl die Veronika einfach be<u>haupt</u>ete, dies dürfe man bei mir nicht.
„Aber um Himmels Willen….<u>natürlich</u> darf man das!" stammelte ich beschämt.
„Das wäre ja nochmal schöner, wenn ich in meinem eigenen Haus nicht mehr beten dürfte!" bettete der Jorberg geheime Gedanken in seine Blicke, und betete extra voluminös und unüberhörbar.

Abends in Dürrwangen war der kleine Claudius so lebhaft. Er wollte uns die Hornsprache beibringen, die er selber erfunden hat, und hatte zu diesem Zwecke lauter Übungsbögen angefertigt, die er nun, grad wie in der Schule, austeilte.

Die Chrischtina hatte allerdings koi große Luscht auf dieses Spiel, weil sie lieber über den Karschdn psychologisieren wollte.

Also ließ der kleine Claudius stattdessen das Mäusle durch seinen Ärmel spazieren, und krisch herum, weil es so kitzelig war.

Nach einer Weile wurde der Christina der Lärm zu arg, und sie rief: „Ab nach Bettingen!"

Der Claudius durfte allerdings bei Mutti Christina im Bett schlafen, und sogar ich bekam ein Küßchen von ihm.

Mittwoch, 21. Oktober
Dürrwangen – Pforzheim – Grebenstein

grau verquollen, dann ab Mittag sonnig. Herbstlich. Ab morgen soll´s wieder nieseln.
In Grebenstein mußte gar geheizt werden

Schlimm war´s mit meinem schmerzenden, entzündeten Arm – so, als habe sich das Gift nun bis zum Daumen emporgearbeitet.

In der Zeitung las man allerhand: z.B. daß die böse Mordärztin Mechthild B. 59, welcher vorgeworfen wird, 13 Patienten ermordet zu haben, vor Gericht bittere Zähren vergoss.

Ferner gab es in Bonn eine Beziehungstat.

„Könnte so etwas bei Euch auch passieren?" frug ich die Christina mehr so leichthin.

„Der Chrischdoff hat mi au ömal g'schlagö!" erzählte die Christina. Allerdings habe sie ihm vergeben – bzw. es ihm eigentlich gar nicht erst verübelt, da er halt mal völlig ausgerastet ist, als es mit dem Karschdn los ging. Er prügelte auf sie ein, als sie auf der Klobrille saß, und biss sie vor Ärger auch noch in den Arm!

Das Schlimmste aber sei, daß der kleine Claudius alles mitbekommen habe.

Hernach kümmerte sich der Christoph um den Claudius. Er sei ein ganz toller Vater und erklärte dem Claudius:

„Die Mama hat mich ausgetrickst!"

Und seither benützt der Claudius den Ausdruck „ausgetrickst" alle naslang!

Ich erfuhr, daß Christinas Vater der Christina damals, als sie schwanger war, zur Abtreibung geraten hatte.

„Dös koosch doch net großziehö! Wie soll denn das gehö?" habe er grämlich argumentiert.

Doch heut liebt er seinen kleinen Enkel über alles.

Die Heizung im Bad glühte. Dadurch wischte man sich den Po mit krossgebackenem Klopapier, da die Rolle auf dem Heizkörper stand.

Besuch in Pforzheim bei Mutti Himstedt:
Gestern hatte Mutti H. bis tief in die Nacht hinein an einem erbosten Brief an ihren Herrn Schwiegersohn Jorberg herumgefeilt, da nämlich der Jorberg schon wieder einen Veitstanz aufgeführt habe.
Der Brief begann damit, daß man sich so sehr auf das kleine familiäre Beisammensein gefreut habe. „Höhepunkt war das Konzert mit Franziska König!" schrieb Omi H. so überaus schmeichelhaft für mich, - dies, wo sie doch gar nicht hat ahnen können, daß ich als Überraschungsgast im Anmarsch war, - und listete auf rührende Weise alle Kompositionen auf, die zu Gehör gebracht worden waren.
Um ½ 11 in der Nacht habe der Jorberg angerufen, um sich zu beklagen, daß die Veronika <u>sein</u> Konzert, wo <u>er</u> im Chore sang, *nicht* besucht habe!
Am nächsten Morgen zum Frühstück (vorgestern) rief er dann gleich dreimal an.
Das erste Gespräch sei noch nett gewesen, dann jedoch sollte die Veronika ganz plötzlich zum Geburtstag der Schwiegermutter seines Sohnes reisen! Ganz wichtig!
Die Veronika hatte bereits ergeben einen Zug herausgesucht, mit welchem sie um vier Uhr in Schwäbisch Gmünd eintreffen würde, doch die Feier sollte doch um <u>halb</u> vier losgehen, wütete der Jorberg bei seinem dritten und bärschesten Telefonat, und im Banne dieser lächerlichen Komplikatesse verkrachten sich Mutter & Tochter heftigst!

„Etwas, was uns beide unendlich belastet!" schrieb Mutti Himstedt eindringlich, und an ein vermeintliches Herz aus Stein appellierend!
Ich erfuhr auch, daß der Jorberg einen peinlichen und ungezogenen Terror mit allen Männern in Veronikas Leben veranstaltet.
„Bis hin zum Straßengeiger!" schrieb Mutti Himstedt fassungslos über so viel Unverstand, und ich erfuhr, daß er auch auf Buzen rasend vor Eifersucht sei!
Einmal habe er sich den höflichen Bankbediensteten vorgeknöpft, der die Veronika bei einer kleinen Anlage beraten hatte.
Mutti Himstedt hatte den Brief so schön mit der Schreibmaschine getippt, und kleine Tippfehler kunstvoll mit Tippex überkleistert und nachgebessert, so daß der Brief in jeder Hinsicht, stilistisch und ortographisch, makellos war.

Die Bildzeitung berichtet mit nicht nachlassendem Eifer über die Schweinegrippe. Die Buchstaben auf der Titelseite sahen aus, als seien sie am zerfallen – so wie jene Buchstaben, die zu Filmbeginn das Wörtchen „Psycho" darstellen sollten. Ein Anblick, der unter die Haut geht.
Fachleute rechnen mit 35 000 Toten allein in Deutschland. Davon sieht ein Jeder sich und seine Lieben bereits auf dem Katafalk liegen.

Donnerstag, 22. Oktober
Grebenstein

nieselnd trüb

Kratze ich auf meinem entzündeten Arm herum, so ist´s, als träte glühende Lava aus!
Mein Herz wiederum fühlte sich an wie ein nassgewordener schwerer kleiner Mehlsack.

Frühstück:
Ich schaute „Brisant":
Erzählt wurde von einem mysteriösen Bankraub in Amerika, der mit der Überwachungskamera eingefangen worden war: Ein junger Mohr bedrohte eine Kassiererin mit der Knarre, doch statt mit dem Geld herauszurücken fing die Kassiererin bitterlich zu weinen an.
Da bekam der Übeltäter ein Erbarmen, er umarmte die Frau und betete mit ihr, und wahrscheinlich beteten sie im Duett und in US-Logik je für <u>sein</u> Seelenheil?
Dann schnappte sich der böse Mann allerdings doch noch 20 $ aus der Kasse und entschwand.

Telefonat mit Mutti Himstedt:
Ich erfuhr, daß die Veronika nach dem großen Streit in die Stadt gelaufen war, um Trauben zu kaufen.

„Weil ich dir deine ganzen Trauben weggegessen hab!" habe sie bitter und hinzu leicht schnaubend gesagt.

Der Jorberg, der die Veronika doch so aufdringlich zum Umzug überredet hat, rechnet ihr jetzt andauernd vor, wie er ihr beim Umzug geholfen habe.

„Ohne mich hättest du das niiiiie geschafft! Unselbstständig wie du nun mal bist!" sagt er einfach, „…und dabei hat die Veronika doch schon so manch einen Umzug allein bewältigt", erzählte mir Omi Himstedt fassungslos über so viel Unverfrorenheit!

Die Veronika hat immer eine Firma beauftragt, die das Unternehmen problemlos über die Bühne brachte, und die Jorbergsche Hilfe schaute so aus, daß er seinen Sohn Thomas um Hilfe bat. Der Thomas hatte weder Lust noch Zeit für dererlei, stiftete jedoch ein paar alte Kartons von *seinem* letzten Umzug. Die waren allerdings fast alle kaputt, so daß sie rissen, und das Gepackte wieder hinausfiel.

Im Geiste erzählte ich es bereits Rehlein.

In der Bild-Zeitung stand zu lesen, daß sich zehn Reporter gegen die Schweinegrippe impfen ließen, um die umstrittene Impfung am eigenen Leibe zu testen. Unfassbar wär's natürlich, wenn die alle zehn g´storbö wären! Sie taten allerdings so, als sei´s ganz harmlos gewesen: ein kleiner Pieks, und nur der Arm

tut dann ein bißchen weh. (Für immer – doch dies wurde unter den Teppich gekehrt.)
In der Beschreibung erkannte auch ich meinen eigenen entzündeten Arm wieder.
Schon auf der nächsten Seite las man eine Serie über Sterbende: Eine 71-jährige Frau verschied, nachdem ihr Sohn gesagt hatte: „Du darfst jetzt gehen, Mutter!" Daraufhin ließ sie, laut BILD, los.

Im Buchladen:
Ich blätterte in einem Buch von einem Strafverteidiger. Er erzählte von einem Arzt aus Rottweil, der seine Frau eines Tages mit der Axt zu Kleinholz verarbeitete, weil sie immer nur genörgelt und geschimpft habe.

Freitag, 23. Oktober
Grebenstein

aufgelichtet herbe

Besuch bei der Edith:
Die Edith war soeben dabei, sich eine Forelle zum Mittagessen zuzubereiten. Ich erfuhr, daß die Forelle eigenhändig vom Thomas gebracht und auch gefangen worden war.

Das ist allerdings schon eine Weile her, denn heut war sie nurmehr aus der Tiefkühltruhe gefischt worden.

Auch einen Zitronenpfeffer aus Norwegen hatte der Thomas seiner alten Mutti besorgt.

„Da wollte er mir eine Freude machen!" sagte die Edith, und dabei hatte ich gerade noch darüber nachgedacht, wie´s wohl so sei, einen grobbehauenen, stringenten Sohn zu haben, der kein Freund großer Worte ist, und in anderen Schuhen anderen Zielen auf anderen Wegen entgegenstrebt?

Da ist man doch mit praktisch genauso einsam wie ohne?

Wie bei Erwachsenen üblich, erörterten wir den aktuellen Kilometerstein auf unserem Lebenswege: Wo man herkommt, und wo man hinstrebt.

Samstag, 24. Oktober
Grebenstein – Aurich

sehr herbstlich. In Kassel weißgrau bewölkt.
Hi und da leichter Sprühregen,
und als ich abends ins Bett stieg,
ging kurz ein heftiger Regen nieder

Mit meinem Arm war's heut schlimm, so daß mir verschiedene Bewegungen eine richtige Pein bereiteten: z.B. jene, mir an den Kopf zu greifen.
Ich wollte mir verzweifelt an den Kopf greifen, weil's mit dem Arm nicht besser wird, doch das ging nicht.

Im Radio hörte ich von einem Herrn, der einen Bildungsverein geschaffen hat, der dafür sorgt, daß junge Leute etwas gebildeter werden. Das gefiel mir.

Im Combi Aurich malte ich mir kurz die Ärgerlichkeit aus, wie's sei, wenn ich meine Violine nun doch in Grebenstein vergessen hätte?
„Meine Fresse ej! Ich fass' es nicht!" dachte ich mir dazu aus. Worte wie aus einem Mitten-im-Leben-Fall.

Das verfahrene Benzingeld kehrte heut in Form von Frau Schinke, die sich am Telefon direkt etwas forsch anhörte, zu mir zurück. Doch die Försche diente ja nur dem Zwecke, die Schüchternheit niederzuknüppeln.
Frau Schinke zählte mir auf, was sie auf ihrer Bratsche wohl so übe, doch es wirkte eher so, als wenn eine alte Frau einem Arzt ihre Zipperlein auflistet, und ist für meinen Unterricht praktisch ohne Belang. Ich mit dem Hörer am Ohr stieg in mein Zimmer hinauf, plauderte Warmherzigkeiten

an die alte Dame hin, und schaute dazu in die Nacht hinaus.

Später rief ich die Gretel an.
Ich telefonierte allerdings etwas geistesabwesend, so wie sich die Veronika derzeit mit mir zu unterhalten pflegt, bloß weil auf dem PC-Desktop bei Skype ein „Hi, Sweetie" vom Onkel Dölein aufgetaucht war, das meine Gedanken nun nach Übersee hinweggesogen hatte.

Sonntag, 25. Oktober
Aurich (allein)

sehr reizvoll. Zwar feuchtgrau /herbstlich –
manchmal allerdings von zartem Sonnenschein
aufgelichtet

Ich parlierte von Fenster zu Fenster mit der Gretel und erfuhr, daß Frau Rautenbergs Wohnung im ersten Stock zum 31.1. gekündigt wurde, so daß Gretels, und vielleicht auch unser Leben bald mit frischem Kolorit betupft wird? (In Form neuer Nachbarn bzw. Mitmietern.)
Die Gretel regte an, daß *ich* dort hinziehen könne, doch von dort ist´s noch ein Eck weiter bis nach

Ofenbach, so daß das nun wirklich einem Schildbürgerstreich gleichkäme.
(Dafür sei´s allerdings zirka zehn Meter näher in die Innenstadt.)

Der Zoo Hannover lud mich zum Elefanten-Kinder-Geburtstag ein, doch genau an diesem Tag hab ich doch ein Konzert in Crostwitz/ Oberlausitz! Wieder steht man somit an einer Wegbiegung mit mehreren Möglichkeiten, den Lebensweg fortzusetzen:
Dem Zoo könnte man schreiben: „Leider habe ich an diesem Tag ein Konzert in Crostwitz!"
Man könnte allerdings auch nach Crostwitz schreiben, und das Konzert unter folgender befremdlicher Begründung absagen: „Ausgerechnet an diesem Tag bin ich zu einem Elefantengeburtstag in Hannover eingeladen!"
Einem elefan<u>tösen</u> Geburtstag, wie der Zoo mir humorig schrieb: Der kleine Tarak wird 7 Jahre alt!

Montag, 26. Oktober
Aurich (allein)

sehr trüb und nieselig

Am Morgen las ich den Rundbrief vom Johannes Neckermann.

„…und nun ab zur Schweinegrippenimpfung!" schrieb der Gesundeitsbewusste zum Schluß voller Aufbruchsschwung.

Später dachte ich oftmals darüber nach, daß der Johannes jetzt ein Gechippter ist, den man von der Zentrale aus nach Belieben einfach ausschalten könne?

„Er fiel um und war tot!" heißt's dann mit Bedauern. Wenn der das wüsste!

Zu diesen umstrittenen Gedanken rief mich eine Dame von der DKV an. Ob ich an einer Pflegeversicherung interessiert sei? „Eher nicht", sagte ich desinteressiert. „Sie können aber heute in einem Jahr nochmals anrufen!" sagte ich schnell, damit sie sich nicht gar so härmt.

Brief an Rehlein:

Liebstes süßestes Rehlein!

Vielen Dank für all Deine netten Briefe.
Um gleich zu Beginn gescheit auf Deine Fragen zur Geigenversicherung einzugehen:
Ich würde dem Herrn Papah doch raten, lieber auf der Dünnwald-Geige zu spielen, denn soeben habe ich mit dem Herrn von der Versicherung telefoniert.
Leider sind die Versicherungsvertreter allesamt auf einer Schulung gewesen, wo man lernt, sich so

schwammig wie möglich auszudrücken, damit auch noch die letzten Klarheiten beseitigt werden.
Ich erfuhr Folgendes: die Geige ist generell in Deutschland versichert und im Ausland weltweit 6 Wochen lang.
Auch in China?
Weltweit!
Aus einem Gutachten von 1999 geht hervor, daß die Geige um die 265 000 Euro wert sei, doch mittlerweile dürfte der Wert gestiegen sein, so daß man eine neue Expertise machen lassen sollte, - so der Herr. (Daß diese Expertise jedoch etwa 3500€ kosten solle, verschwieg er mir für's erste.)
Es sei schrecklich wichtig, die Geige niemals unbeaufsichtigt im Hotelzimmer liegenzulassen, da die listigen Chinesen gerne und oft lange Finger machen. Man wäre gewiss nicht die erste Langnase, die Opfer eines Langfingers würde.

Ich glaube, der Herr von der Versicherung hört es gar nicht gern, daß unser Pabba mit der kostbaren Violine nach China reist? Ob man da nicht vor Ort eine andere Geige ausleihen könne? frug er gar, weil er bang vom Gefühl bewegt wurde, denen ginge es vielleicht ans Eingemachte, wenn ein Ü-70er sich im Hotelzimmer womöglich aus Versehen auf seine Violine setzt, so daß das Holz splittert?

Die ganze Zeit gab er bloß Tipps, wie man auf die Geige aufpassen solle. Lauter Dinge, die auch Du beständig predigst, und die man doch schon zu Genüüüge gehört hat, und weswegen man ihn doch überhaupt nicht angerufen hatte.

Ich wollte immer so gerne wissen, wieviel die Versicherung im Falle eines Falles zahlen würde, doch denkt man vielleicht, man bekäme dies heraus?

Man würde die Reperatur zahlen, meinte er vage. Allerdings nur in der unterversicherten Fassung, falls keine Nachjustierung erfolge....

und bei Diebstahl?

Ja, da müsse man sofort die Polizei benachrichtigen, und auch mit der deutschen Polizei in Kontakt treten, wie das eben so sei bei Diebstählen.

Doch man wolle ja den Teufel nicht an die Wand malen.

Wieviel sie zahlen täten!?!?!?

Da wäre die Versicherung ersatzpflichtig, allerdings nur wenn ein Diebstahl zweifelsohne nachgewiesen werden könne.

Er würde vorschlagen, die Geige nochmals neu schätzen zu lassen...

Wenn im Flugzeug etwas passiere, so möge man den Schaden noch auf dem Flughafen melden, da die Fluglinie auch hafte (versuchte er sich auf nebulöse Weise aus der Verantwortung zu ziehen.)

Man sieht´s kommen: Bei Turbulenzen fliegt die Geige hinab, zerbricht und zerbröselt und die Versicherung zahlt nichts! Na, ich will den Teufel nicht an die Wand malen, doch wahrscheinlich wäre es doch klüger auf der Dünnwaldgeige zu spielen, die doch genauso schön ist! Ich jedenfalls würde es so machen. Die Wirbel kann man sich ja noch richten lassen, und die Geige steht dem Papa doch so gut! zumal er auf jeder Geige so rührend spielt, wie´s nur ER kann.

1000 Küsse
Euer Kikanüdelchen

Beim Radeln nahm ich mich selbstkritisch ins Gebet: Ich „tat" nämlich jetzt bereits eine Stunde und 15 Minuten lang nur Sinnvolles. Doch was verstehe ich unter „Sinnvollem"?

Zuerst habe ich so lange mit dem Herrn von der Versicherung geplaudert, um Rehlein dann einen ellenlangen Früchtebrotbrief zu diesem Thema zusammenzuhämmern. Jemand, der mit seiner Zeit hauszuhalten versteht, wie beispielsweise Onkel Dölein, hätte es folgendermaßen gemacht: Er ruft an und frägt, ob die Versicherung auch für China gilt? Dann mailt er Rehlein knapp: „Gilt für China. Der Dieto", und das Ganze dauert nicht einmal eine Minute lang!

Im Klub:
Auf dem Sitzradel las ich „Somnia" weiter und bin schon im „April" angelangt. Diesmal gefiel mir die Lektüre besser.

Mir gefiel zweierlei: a) Der Kempowski telefonierte mit KF (seinem Sohn Karl-Friedrich) und konnte sich kaum zurückhalten, zu fragen, was der wohl vom „Sirius" hielte? und b) Ehefrau Hildegard meint, daß man, so wie man täglich drei bis vier Mahlzeiten zu sich zu nehmen pflegt, auch drei bis vier geistige Mahlzeiten bräuche, in denen man seinen Geist füttere.

Da ist der Tag aber ganz schön zugerumpelt! Ob ich meine fesselnden „Mitten-im-Leben"-Fälle wohl auch als „geistige Mahlzeiten" verbuchen darf?

Der „Frisch" (Max Frisch), welcher starb, mißhagte dem Kempowski.

„Seit Jahrzehnten werden die Schüler mit Frisch und Böll geelendet" erlaubte sich der Dichter, leicht unkollegial in sein Tagebuch zu schreiben.

Im „Real" traf ich ein Ehepaar, das ich eigentlich gar nicht kenne. Trotzdem kam es mir bekannt vor, und davon erklärte ich es für mich als „bekannt" und behandelte es dementsprechend mit Zuwendung und einem lieben Lächeln im Gesicht.

Dienstag, 27. Oktober
Aurich (allein)

angenehm herbstlich. Herb-feucht

Im Klub:
Wieder las ich „Somnia", und an die anfangs ungenießbar scheinende Lektüre habe ich mich gewöhnt. Mir kommt´s vor, als habe man tausend kleine politische Schnipsel, getunkt in die sauren Gedanken eines alternden Mannes, zu einem Buch zusammengebündelt.

Einmal rief Onkel Dölein an.
Dölein erzählte, daß er Opas Kinderberichte gelesen habe, und schüttelte nun mit seinem berühmten fassungslosen Lächeln, durch den Hörer hindurch, ungläubig den Kopf* über Opas historische Erziehungsmethoden.
„Jetzt weiß ich, warum ich Der geworden bin, der ich bin!" erzählte er humorig.

Mittwoch, 28. Oktober

ganz zauberhaft.
Herbstlich dunstig und leicht feucht verhangen –
zur Mittagsstunde Sonnenschein

Um 11 Uhr erschien Frau Schinke in heiterer und aufgeräumter Verfassung.
Die rührte womöglich daher, weil sie es nicht fassen kann, daß ich immer so nett bin und nie schimpf´?
„Dies strapaziert Frau Königs Geduld nun sicher sehr!" erfuhr ich, daß sie beim Üben zuweilen dächte, und heute erfuhr ich außerdem, daß Frau Schinke pro Tag eine Stunde lang emsig auf ihrer Viola zu üben pflegt. Manchmal schafft sie die selbst aufgebrummte Zeit von 60 Minuten jedoch nicht ganz, weil der klobige Instrumentenkorpus einfach zu schwer für ein altes Mütterlein ist, und dann verteilt sie´s dafür auf zwei Bratschübeinheiten à 45 Minuten.
Ich erzählte von meiner Entscheidungsschwäche, und wie ich unlängst wieder an einer Weggabelung stand, und nicht wußte, welcher Weg einzuschlagen sei?
Der Hauptgrund für meine, auch für mich selber überraschende Reise nach Aurich sei gewesen, daß man sich in Grebenstein nirgends gemütlich hinsetzen könne. Alle Sitzgelegenheiten sind entweder zu hart oder völlig ausgeleiert.

Den Abend verbrachte ich mit meinen Freunden, den Naumanns, im „Dolce Vita".

Der kleine Erik, das Kind das ich von ganzem Herzen nicht leiden kann, steckte seinen runden Kopf mit den süßen Milchzähnchen durch die rautenförmigen Verstrebungen jener Bank, auf der ich neben Vati Erhardt Platz genommen hatte, und streckte uns die Zunge heraus.

Wie der kleine Awembe im Zoo Schmiding, betreibt er immer nur Unfug, und bis jetzt hab ich´s noch nie erlebt, daß er mal Fug betrieb. Ob sich dies noch ändert?

Einmal sollte der Knirps für die Erwachsenen eine Flasche Wein bestellen, und ich machte scherzend vor, wie der Wirt sagt:

„Bist du denn schon 18? Kannst du dich ausweisen?"

Die Juliana ist etwas schweigsam und darüber hinaus fast streng geworden, so wie einst die 12-jährige Gräfin Dönhoff gewesen sein *könnte*.

„Erik, das neaavt!" kiebte sie mehrfach auf ihre eklige zickige Art, und ich erfuhr, wie es mit dem Opa Josef wieder schlimm gewesen sei. Einmal habe er denen knallhart die Meinung gesagt: Er hält es mit ihnen nicht aus, und sollten sie im Leben jemals wieder nach Heidelberg kommen, so nur in eine Ferienwohnung. Das Elternhaus sei ab sofort gesperrt für die kleine Familie aus Ostfriesland.

„Wie ist das dann bloß, wenn der Erik euch in 30 Jahren mit *seinen* 3 Kindern Justin, Jessica und

Noemi-Joelle besuchen kommt?" scherzte ich, und konnte es mir so gut vorstellen.

Donnerstag, 29. Oktober

herbstlich herbe (sehr angenehm)

Unser neues Klo gefällt mir immer besser. Vorallem das kleine Schemelchen das danebensteht, verleiht der Gemütlichkeit noch einen Zusatzkick, da man darauf sogar ein Klopicknick abhalten könnte. Ich legte ein Pralinenmagazin der Firma Lindt drauf, in welchem der Klogast gemütlich schmökern kann, und stellte mir Ming als alten Mann wie den Jorberg, dort sitzend bzw. „thronend" vor.
Daneben stehen seine Pillenschächtelchen.

Am Nachmittag wollte ich die Baumfalks besuchen, und im Reformhaus wollte ich Mutti Moni etwas Schönes kaufen, und mich dabei nicht lumpem lassen.
„Ich suche etwas Schönes für eine junge Frau, die soeben ihren ersten Schlaganfall bekommen hat!" hätte ich beispielsweise sagen können.
Doch später erfuhr ich, daß die Moni gar nicht daheim war, und noch etwas länger in der Reha verharren muß. Das stimmte mich äußerst unfroh.

Schließlich kaufte ich im Bioladen einen Saft für Ming, und wurde mit großer Freundlichkeit von Thomas Baier ausgezeichnet bedient.

Abends rief Ming aus Hannover an.
Ming sprach über Frau Oles, welche bislang nur 25 Karten für sein Konzert abstoßen konnte.
Dann seufzte er über alle möglichen Leute, und während ich in die Nacht hinausblickte, überlegte ich, ob Ming womöglich ein sehr komplizierter Mann sei?
„Den Iwan König hat man in den letzten Jahren zu Genüge gehört!" denken die Musikfreunde einfach auf höchst kulturbanauselige Weise, und kaufen keine Karten.

Freitag, 30. Oktober

Ein verhangener, bergender Herbsttag
(mir gefiel´s)

Ich schaute einen Mitten-im-Leben-Fall über den pummeligen Wattenscheider Millionär Michael L. 42, der sich nach Liebe sehnte.
In der gestrigen Sendung hatte er beim Privatcasting eruiert, wer wohl mit ihm das geplante Wochenende

auf Sylt verbringen könne, und seine Wahl war auf die 28-jährige Deutschrussin Natalia gefallen.

Der „Wissende" ahnt natürlich bereits, daß das Hauptbestreben von der Natalia in erster Linie, sach ich mal, ein Leben in Glamour und Luxus ist. Dafür nimmt sie notfalls auch Alter & Bauch in Kauf, auch wenn sie sich in ihrer süßen jugendlichen Art ein bißchen vorgenommen hat, sich gegebenenfalls, wenn´s denn sein müsse, *gewaltsam* in diesen Herrn zu verlieben, und nett ist er ja allemal!

Allerdings lernte der Michael am Vorabend der Reise in einer Disco die Pornodarstellerin Alisa mit ihren Riesenbrüsten kennen.

„Darf man fragen wieviel so ein Teil wiegt?"

„1,5 Kilo pro Knolle!"

Die Alisa lud er dann auch nach Sylt ein, so daß die Natalia ihn, so wie einst Rehlein Buzen, nie für sich alleine hatte.

Eigentlich gefiel ihm die Alisa eine Spur besser als die Natalia. Die Alisa jedoch sagte ihm, daß sie ihn sehr sympathisch fände, für ihn als Mann hindess kein Interesse hege, und somit war dem Glück von der Natalia nun Tür und Tor geöffnet!

Eine richtige kleine Operette.

Blöd wär´s gewesen, wenn die Natalia in jener Zeit, wo die Alisa Klartext mit dem Michael redete, mit dem Schofför angebändelt hätte, doch in Wirklichkeit war´s dann so, daß der Schofför seinen Chef warnte, daß es der Natalia nur ums Geld ginge.

„Wie es wirklich weitergeht, das wird die Zeit zeigen!" sagte die sympathische Herrenstimme, die die Filme immer wertungsfrei kommentiert, und dann sah man Michael und Natalia noch bei einem Dinner im Kerzenschein bzw. einem sog. „Candlelight-Dinner" gemütlich beieinander sitzen.
Der Kellner trat an den Tisch und frug: „Darf ich Sie noch zu einem köstlichen Dessert verführen?"
Der Michael schwankte, doch die Natalia sähe es nicht so gern, wenn er noch dicker würd´, und pochte stattdessen auf einen Verdauungsspaziergang am Strand.

Samstag, 31. Oktober

angenehm frisch und weißlich herb

Auf dem „Breiten Weg" lief der Jürgen (der Exmann von meiner Freundin Jutta), mit einer schwarzen Pelzmütze bestülpt. Wir begrüßten einander herzlich mit einem warmen Händedruck, und ich erfuhr, daß es ihm derzeit nicht so gut ginge.
Der Jürgen kam soeben vom Friedhof, wo seit einem Jahr seine geliebte Mutter liegt. Ihr hatte er nun einen kleinen Besuch abgestattet, der ihn traurig gestimmt hat.

„Sie hat zwar ein hohes Alter erreicht – 89, aber bei einer Mutter tut das trotzdem weh", meinte er versonnen.
„Doch das ist immer sou. Das geht mal auf, mal ab – das kennen Sie ja sicher auch!" nivellierte er die persönlichen Worte auch gleich wieder, um zu Mings geplantem Klavierabend hinüberzumodulieren.
Der Jürgen erzählte von einer Violinsonate von Grieg, die ihn zu Tränen gerührt habe. Der Franz habe auch einmal eine Sonate von Grieg gespielt, doch *die* wiederum sei ihm nicht so leicht ins Ohr gegangen.
„Sie gefällt dir nicht, weil du sie nicht ver<u>stehst</u>!" habe der Franz gesagt. Man muß die Musik verstehen, und diese Sonate sei ein Märchen.
Beim Weiterradeln überlegte ich, daß der Jürgen vielleicht einsam sei, und das, wo er doch drei Kinder und zwei Exen hat.
Er sei sehr häuslich und genügsam – (Jutta, die fast jedes Wort international auf englisch schreibt, nennt ihn in ihrem autobiografisch getönten Roman eine „Couchpotato") – damit konnte er die Frauen auf Dauer nicht halten, und so ist Einsamkeit im Alter vorprogrammiert.

Abends kam ein Skypeaufruf aus Hannover.
Ich fand´s wirklich ergreifend, daß man Ming der sich in einer Entfernung von mehreren hundert Kilometern befand, *sah*! Wir schickten uns Herzen und Smilies.

Was es alles für Smilies gibt! Kotzsmilies, Jubelsmilies und vieles mehr!

Dann gab´s noch Ärger mit dem Fernseher: Es gab nur noch 13 Programme, und bei allen 13 handelte es sich nur um Werbe-TV!

November 2009

Sonntag, 1. November
Aurich (allein)

bräunlich herbe. Sehr reizvoll. Abends Regen

In einer Sendung wurden „die intelligentesten Tiere der Welt" vorgestellt. Z.B. jener künstlerisch veranlagte Elefant, der Bilder malen kann.
Eine Frau feuerte das 9-jährige Elefäntle „Rong" dazu an, Bilder zu malen, die man einer noblen Londoner Galerie verkaufen wolle. Der kleine Elefant pinselte mit spielerischem Vergnügen und die Dame sagte über das Bild, das Viele womöglich als Schmiererei bezeichnen würden: „Es ist auch nicht schlechter als viele Bilder von anerkannten Malern, die regelmäßig Ausstellungen abhalten!"

In Thailand haben die Elefanten keine Arbeit mehr, da die Regierung das Abholzen der Wälder rigoros verboten hat, und jetzt müssen sie ihr täglich´ Brot als Unterhaltungskünstler verdienen.

Ich tippte dem Gaßmann einen Brief und erzählte ihm, daß ich gestern zu frösteln begonnen habe, und darauf leider nicht wie ein normaler Mensch reagiert hab, der wahrscheinlich die Heizung höher geschraubt, oder sich wärmer angezogen hätte. Die Kälte kroch mir ins Gebein und ich reagierte eher so wie ein

Reptil, indem meine Aktivitäten und Bewegungen erlahmten und schließlich zum Stillstand kamen.
Ein normaler Mensch hätte sich doch vielleicht ein heißes Süppchen gekocht, und nötigenfalls mit dem restlichen heißen Wasser die Wärmflasche befüllt, doch ich?

In der Luft lag das so herrlich resche Geräusch der knusprig schwebenden Herbstblätter, und der Kenner weiß: Alle Jahreszeiten sind einfach köstlich, und aus jeder einzelnen windet man sich letztendlich nur ungern heraus, doch man *wird* hinausgewunden.

Abends feierte ich mit der Petra im Dolce Vita Buzens halbten Geburtstag.
Wir diskutierten im Hinblick darauf, daß Petras Eltern „gemütlicher" geworden sind darüber, wann man wohl „richtig alt" sei?
Der Opa habe mit 89 zu seiner fast 89-jährigen Frau gesagt: „Gell Mobbi! Jetzt sind wir <u>richtig</u> alt?!"
Doch sie habe es ihm nicht bestätigt.
Später kam auch noch der Christoph-Otto hinzu.
Der Ch.O. erzählte, wie seine 71-jährige Schwiemu leider von Alzheimer erfasst, und binnen kürzester Zeit bereits deutlich angesengt wurde.

Erst zu vorgerückter Stund´ rief die Petra ihren Papi an, der sie abzuholen gelobte. Nach einer Weile schaute man natürlich immer wieder zur Türe hin und meinte, jetzt käme er.

Doch er kam nicht.
Ich fabulierte drauf los:
Er käme dann irgendwann schon, doch er sei nicht mehr der, der er einst gewesen, da er nämlich unterwegs einem Heiligen begegnet ist.

Später erfuhr ich dann, daß Vati Wolf seine Tochter vergebens an anderer Stelle gesucht hatte, da er gemeint habe, das „Dolce Vita" sei eine Disco.

Montag, 2. November

z.T. regnete es, doch die Herbstatmosphäre in norddeutschen Landen taugt mir gut

Emsig übte ich am Abend die Werke für mein Konzert mit dem Konrad in Crostwitz.
„Ich hab schließlich ein wichtiges Konzert. Das Debüt in Crostwitz steht an!"
Klangvolle Worte, die ich gelegentlich anbrachte.

Ming war wieder da, und wir Kinder aßen gemeinsam zu Abend: Biobröter mit Käselappen und Knoblauch, und ich erzählte Ming davon, wie ich mit den Naumanns im Dolce Vita war, und vom Opa Josef, dem alten Stinkstiefel, der seine eigenen Kinder und

Enkel einfach hinausgeworfen habe, was man allerdings ein bißchen verstehen kann.

„…vorallem wegen dem Erik. Der hat ja nun wirklich überhaupt kein Benehmen!" sagte ich über den kleinen Erik.

Dann zeigte ich Ming die Filme, die ich im Ländle für Onkel Dölein gedreht hatte, und manchmal mußte man kurz lachen: z.B. als die Veronika sagte: „Da hinten sieht man die schwäbische Alb!"

Auf dem Film nimmt sich's aus, als filme man die Oberfläche eines Brokkolibuschs, und für Onkel Dölein als reifen Herrn, wäre doch nun wirklich etwas ganz Anderes von Interesse gewesen – nämlich, wie es mit dem Jorberg wohl weitergegangen ist???

Zu später Stund´ eruierten wir für Buzen die bevorstehende Wetterlage von Sheng-Yang:

Auf Buz warten überraschenderweise drei wunderschöne Tage. Höhepunkt wird der 7. November: Tiefblauer Himmel und glitzernder Sonnenschein bei 20 C°. Doch es handelt sich dabei nur um ein letztes wetterliches Aufbäumen vor dem schrecklichen Winter. Danach wird's rapide kalt.

Als ich mit Buzen telefonierte, schielte ich durch den Hörer nur nach Rehlein, von welchem ich mich so gern noch herzlicher verabschiedet hätte, und dabei *war´s* doch eigentlich herzlich! Und als ich dann mit Rehlein sprach, schielte ich nur nach Buzen.

Ich erzählte Ming, daß mich Rehleins langgezogenes und freudloses „guuut" auf die Frage, wie es ihr ginge, immer so in die Tiefe zöge.

„Du darfst dich nicht von der Meinung anderer abhängig machen!" riet der weise Ming und machte lustig vor, wie die Mutter vom Edinson hörte, daß der Herr Sohn die Glühbirne erfunden hat. „Ah? Guuut", sagte sie, und „machst du auch mal was Vernünftiges? Gehst du auch mal spazieren?"

Dienstag, 3. November
Aurich – Grebenstein

z.T. wunderschön. Spätherbstlich und so reizvoll

Erhoben um 5
Telefonat mit dem Friefuß:
Wir erfuhren, daß das neue Haus letztendlich Annas Eltern gekauft haben, da *die* finanziell einfach am längeren Hebel säßen., und Ming warnte vor den Gefahren, die dahinter lauern könnten und zählte zwei Beispiele auf, wo die Frau den Mann unentgeltlich arbeiten ließ, bis auch der letzte Nagel in die Wand geschlagen war.
Prominentestes Beispiel sei Gerda Olthoff: Kaum war alles fertig, da schmiss sie ihn hinaus!

Zum Frühstück zeigte ich Ming die Schätze aus Rottweil:
Einen Karton, den man nie vermisst hatte – und doch barg er lauter Schätze: Liebevollst gestaltete Fotoalben von vor 15 Jahren.
Wer hat sich verändert, wer nicht?
Ming leider sehr, und die Veronika praktisch überhaupt nicht, da sie all die Jahre über auf „standby" gestellt war.

Pfarrerin Jürgens aus Schönemoor schreibt: „Ist es Ihnen recht, wenn ein Teil der Einnahmen hier bleibt?"
„Nein, das ist mir ganz und gar nicht recht!" hätte ich schreiben können oder sogar müssen, doch natürlich kleidete ich diese kühle Wortdusche etwas taktvoller ein, bestrebt jedoch, die Grundbotschaft durchschimmern zu lassen.

Ich sprach davon, daß ein Bestseller mindestens *eine* Sexszene bräuche.
Fakt sei, daß sich der Bestseller davon einfach besser verkaufen, und ich wünschte mir von Ming zum Geburtstag, daß er mir für meinen Roman eine Sexszene schrübe.
Doch Ming hatte schon ein Geschenk für mich.

Ming spielte so rasend schön Klavier, während ich, auf dem roten Sitzklos sitzend, Hausaufgaben abtrug.

Die Schweinegrippe greift, laut BILD, um sich und in den Nachrichten sah man lange Schlangen an Impfentschlossenen. Ein Ansturm auf den Impfstoff, von dem es heißt, er reiche nicht ganz aus, so daß die hinten anstehenden womöglich leer ausgehen?

Einen reifen Herrn sah man bereits mit glänzig betupftem entblöstem Oberarm – die Spritze darüber im Schwunge – sein letzter Moment auf Erden als ungechippter Mann!

Ich malte mir das Makabrium noch weiter aus: Wie er nämlich plötzlich Taubheitsgefühle in Fingern und Zehen bekommt, und auf dem Heimweg merkt er dann, daß die alle auch noch schwarz anlaufen.

HALLOOO?!? Geht´s noch ej? Wieso schreibst du denn so einen Scheiß in´s Tagebuch?

Dies und Ähnliches würde ich jetzt ausrufen, wenn ich eine ganz normale, rustikale Frau wär.

Eine normale Frau denkt nämlich: „Kleiner Pieks und gut is! Da steht man auf jeden Fall auf der sicheren Seite!"

Grebenstein:
Im Supermarkt kaufte ich mir Sushi-Wraps.
„Schmecken die gut?" frug der neue Bedienstete an der Kasse, der eine deutlich lebhaftere Persönlichkeit hat als der herwigartige Michael Kruse.

Mittwoch, 4. November
Grebenstein

Höchst unterschiedliche Wetterepisoden.
Mal ein Lächeln, dann wieder trübe und regnerisch, so daß der Schirm bemüht werden mußte.
Dann wurde es allzu rasch dunkel

Ming als erster Gratulant rief mich „up´m Händi" an, und wir Geschwister plauderten warm.
Was ist der Unterschied zwischen Dir und dem Herwig? (frug ich.)
Du bist ein Gratulant, und der Herwig ist ein Grantulant.
Die Veronika habe bereits für mich angerufen, und ich frug gleich, ob der Jorberg danebenstand?
„Recht herzlichen Glückwunsch auch von uns beiden!" habe er womöglich mitten in Veronikas Worte hineingesagt? Doch ich wurde ein bißchen traurig, da es womöglich der letzte Geburtstag ist, wo die Veronika einem gut ist.
Nächstes Jahr um diese Zeit ist mein Roman fertig und dann - gute Nacht!
Auf dem Fensterbrett lag ein kleiner Fingernagel, von welchem man nicht wußte, wem er zuzuordnen sei?

Ich stellte mir fast lustvoll vor, wie mich hier in Grebenstein die Schweinegrippe überraschend doch erwischt: 6 Wochen liegt man krank und reiseunfähig darnieder, und wenn man sich wieder erheben kann, merkt man bestürzt, daß man sein Gehör verloren hat, so wie einst die taube Rosl in der Rübezahl-Geschichte.

In der Küche molk ich mein Gehirn nach Menschen ab, die mir wurst sind, und kam nur auf zwei Damen. Doch kaum richtet man das Okular seiner Gedanken auf die Wurstenen, da sind sie einem schon nicht mehr ganz so wurst.

Kassel:
Der Weg vom Parkplatz bis zur Sushibar ist immer so weit und öd! (24 Min. Fußmarsch bergauf.) Ich stellte mir eine Schnecke vor, die sich dazu aufrafft, vom Mombachplatz bis zur Sushibar zu robben.
In der Sushibar wird sie dann mit einem „Igitt!" eingefangen und entsorgt.

In der Buchhandlung Thalia frug ich einen Bediensteten, ob es einen Schirmständer gäbe? Ich frug aus Rücksicht, weil man mit dem sprenkeligen Schirm ja alles einsaut, - bin aber nun leider doch in einem Alter angelangt, wo dererlei auch leicht versnobbt, oder gar „spitz" rüberkommen könnte.
Der Herr verwies auf ein Eck hinter der Kasse, wo bereits einige Schirme standen, die dem Meinigen, einem unauffälligen blauen Tuchschirm, nicht unähnlich sahen.

Später überlegte ich, ob ich den Schirm vielleicht hier stehen lasse, damit er mir in der Sushibar bei den ganzen Chinamafiosi nicht abhanden käme, aber dies käme ja einer Schirmaussetzung gleich.

„Moment!" sagt dann der Bedienstete „mit Unterton", „haben Sie nicht etwas vergessen?"

Ich griff mir meinen Schirm, der etwas unordentlicher und auch nassgesprenkelter ausschaute als die anderen, und auf dem Weg zur Sushibar stellte ich mir vor, *wie der Kempowski im Deutschunterricht die Aufgabe erteilt, eine Schirmgeschichte zu schreiben. Derjenige, der die schönste Geschichte geschrieben hat, bekommt einen Preis, und der Preis sähe so aus, daß der Preisgekrönte einen Wunsch frei habe – der, sofern er sich erfüllen ließe, auch gewährt würde!*

Das Sushiband war heut zum Stillstand gekommen, und ein Jeder sprach die neue, mütterlich-teigige und bebrillte asiatische Bedienstete darauf an.

Einmal nahm ein junger Mann in meiner Horchweite Platz und frug, genau wie ich zuvor, was dies wohl zu bedeuten habe?

Nett im Tonfall zwar, so doch wohlwollend streng.

„Defää" sagte die Bedienstete, da die Vietnamesen beim Sprechen den Mund nie ganz zumachen, und die Vokabeln hinzu aus Zeitmangel auch nur zur Hälfte erlernen. Der Herr jedoch kam nicht auf die Idee, daß Ausländer einen so entlegenen Ausdruck wie „defekt" kennen, und verstand es nicht.

„Kapu" sagte die Frau.

„Aha. Jetzt muß ich also für jedes einzelne Tellerchen laufen?"
Ich nickte wissend hinüber, und fühlte mich kurz wie ein Schulkind, das dem Neuen in der Klasse um eine Nasenlänge voraus ist.
Doch der Herr beachtete mich nicht weiter.

Donnerstag, 5. November
Grebenstein –Crostwitz

z.T. mit einem Lächeln – dann wieder streng.
Auf der Reise bisweilen Regen.
Trotz aufgerupfter Wolken
ein bißl antroposophisch eingefärbt

Die Veronika rief an:
„Veronika!" stellte sie sich vor.
„"Veronika Nürnberg" oder „Veronika Manolzweiler"?" hakte ich gespielt streng nach. „Da mußt du schon differenzieren – denn sonst weiß ich ja nicht Welche das sein soll?"
Zu Beginn des Telefonats war´s wieder leicht uninteressant, wie´s ja mit Verliebten leider oft so ist.
„Hat Dir der Iwan wenigstens meinen Gruß ausgerichtet?"
Na, da kennt sie meinen Ming schlecht, der mich gestern ausgiebigst über sie anpsychologisiert hat.

„Ich soll dich übrigens von der Christiane Fischer grüßen. Die war hier!"
Doch dann schien die Veronika selber zu bemerken, daß das doch keine Dialogbasis ist, und es wurde wieder etwas interessanter und inspirierender, wenn auch meist *ich* redete.
„…viel Geschrei!" erzählte die Veronika niedergeschlagen von ihrem derzeitigen Leben. Das Geschrei kommt allerdings von ihr selber, da es ihr auf die Nerven geht, wie der Jorberg ständig ihre Finanzen und Papiere ordnen will.
Na, wenn das kein billiger Vorwand ist, mehr über sie herauszubekommen!
Ich rechnete der Veronika Folgendes vor:
In Nürnberg habe ihr das Leben zu einem 16tel gefallen, jetzt zu einem Achtel, wenn sie in eine eigene Wohnung in Winterbach zög´, gefiel´s ihr zu einem Viertel, zöge sie nach Aurich, so gefällt´s ihr halb, und zöge sie nach Lanzenkirchen, so gefiele es ihr ganz!
Einen Ausweg aus Veronikas mißlicher Lage scheint´s derzeit nicht zu geben, da sie es einfach nicht über´s ♥ bringt, den alten Herrn einfach zurückzulassen.
Ja, wenn das so sei, dann müsse sie sich wohl umkonditionieren, meinte wiederum ich: Sie müsse üben, oder gar trainieren, ihn <u>ganz toll</u> zu finden, den Blick für das Gute und Schöne zu schärfen, und jenen für das Schlechte so einzutrüben, bis man das Schlechte überhaupt nicht mehr säh´!
Ordnet er ihre Papiere, so solle sie gerührt sein.

Heut sei er allerdings grantig gewesen.
„Dann verharr´ doch in Deinem Chaos!"
So ähnlich sollen seine letzten verärgerten Worte bis zu diesem Zeitpunkt gelautet haben.

Freitag, 6. November
Crostwitz/Oberlausitz

reizvoll durchsetzt.
Manchmal mild sonnig,
dann in geschmackvollen lichten
und doch warmen Brauntönen
herbstlich verhangen

In verunschärfter Form zeigte sich am Morgen die Silhouette vom kleinen Heinz.
„Hallo, du süßer, kleiner Schatz!" sagte ich liebevoll, so als wenn ich vielleicht die Oma wär, obwohl ich so gerne weitergeschlafen hätte.
Vom kleinen Heinz heißt´s, er sei sehr energisch, und tatsächlich schien´s ihm nicht so ganz zu schmecken, daß ich ihn „klein" geheißen habe.
„Du großer Schatz!" korrigierte ich mich.
Bald zeigten sich auch die anderen Kinder, und der kleine Heinz, von dem´s ja heißt, die Grammatik sei nicht so ganz seine Stärke, nennt seinen Bruder Leopold einfach „Lilo!"

„Aber das ist doch ein Name für eine ältere Dame, die in Wirklichkeit Liese<u>lotte</u> heißt!" erklärte ich in meinem Sträflingsnachtgewand den Kindern.

Als ich mich im Bad noch für den Tag verschönte, hörte man unten bereits einen Zwist losdonnern.
Tatsächlich fehlte wenig später am Tisch die kleine Rebekka, und es hieß, sie sei beleidigt.
Man weiß: Ist die Rebekka beleidigt, so nimmt sie sich vor, nie wieder lustig zu sein.
Nach einer Weile kam sie dann allerdings wieder in die Stube herein, den bockigen Ausdruck behielt sie allerdings auf dem Antlitz (ein Passus wie aus dem Tagebuch eines „Wolf von Ulmensee"*) und als der um Versöhnung bemühte Vati Konrad, der ja vorhin so losgepoltert hatte, ihr die köstlichen Knusperflocken anbot, schüttelte sie immer ganz energisch und sauer, mit vorgeschobener Unterlippe wild den Kopf, so daß ihre glänzenden braunen Haare durch die Luft flogen.
*Ein junger Poet, der sich ein Pseudonym zulegte

Nach einer Weile begleitete ich die Rebekka zur Grundschule, während der kleine Leopold mittlerweile bereits aufs Schümnasium geht.
Auf dem Weg zur Schule erzählte ich dem kleinen Mädchen lauter Unsinn wie z.B., daß wir jetzt doch einfach wieder nach Hause gehen könnten! Wir behaupten einfach, die Schule sei wegen der Schweinegrippe bis auf weiteres geschlossen.

Vor dem Schulportal kehrt man um und ruft den Ankömmlingen, die sich aus allen Himmelsrichtungen herbeiströmend so allmählich summieren, zu: „Ge-schlos-sen! Schwei-ne-grippe!" und davon ziehen die sich herdenartig wieder zurück.
Doch dann fiel mir noch etwas Besseres ein: Wir fertigen einfach einen Computerdruck an und kleben den morgen noch vor Tagesanbruch an die Schultüre!
„Wegen der Schweinegrippe bleibt die Schule bis auf weiteres geschlossen!"
Da sind natürlich alle froh: sowohl die Lehrer als auch die Schüler.

In der Zeitung las man von einem Schauspieler des Wiesbadener Theaters, der vorgestern abend, noch in der Garderobe, verhaftet wurde: Ein angenehm aussehender, jünglingshafter Herr.
Mit einem Balken auf den Augen war er leicht unkenntlich gemacht, doch wer ihn kennt, der kennt ihn wieder.
Er habe eine 50-jährige Dame und ihre 18-jährige Tochter geknebelt und gefesselt. Dann wollte er Geld und sprühte der Tochter zur Verdeutlichung dieser Forderung Reizgas ins Gesicht. Als sei´s der Untaten noch nicht genug, vergewaltigte er Mutter und Tochter, doch bei der Flucht vergaß er seine Schuh! Das Ganze liegt allerdings bereits 8 Jahre zurück, und inzwischen steht/stand er doch vor einer großen Karriere! Er spielte mehrere Hauptrollen im Theater, und sogar im Filmepos „die Manns" wirkt er mit!

Ich übte in der Wohnstube.
Durch ein großes Fenster schaut man auf die Straße. Man sieht Passanten, die man noch nie im Leben gesehen hat, und zuweilen fährt ein Bus vorbei, spuckt einige Leute aus und sammelt andere ein.
Dabei muß ich immer an den jüngst verstorbenen Opa Wolfgang denken:
Von seinem Zimmer aus konnte er als Jüngling immer in die Straßenbahn hineinschauen, und in der Spätstraßenbahn saß dann oftmals nur noch ein vereinzelter Spätheimkehrer: Sein müder Vater nach Ende der Orchesterprobe, oder der Vorstellung…

Aus dem orangefarbenen Kassettenrekorder in der Küche tönte Mozarts 1. Symphonie, welche Mozart niederschrieb, als er etwa so alt war, wie es der kleine Heinz heute ist.
Nämlich so etwa mit 3-4 Jahren.

Ich erfuhr, daß die Erziehomi Agnes eher ungern alleine sei, statt ihr Witwentum zu genießen - so, wie es Rehlein und Omi Mobbl an ihrer Statt täten, bzw. getätet hätten.
Sie selber riefe nie an, erwarte allerdings, daß man *sie* anriefe: und zwar jeden Tag!

Samstag, 7. November
Crostwitz

trübe. Zum Nieseln neigend

Am Morgen weckte mich zunächst der kleine Leopold auf seine stille zutrauliche Art. Er kommt gerne in meine Nähe, sagt dann allerdings nicht viel. Auf Fragen antwortet er artig aber auch ein wenig einsilbig, wie z.B. mit „gut" (oder so.)

Zu mir ist die Rebecca immer sehr nett, doch bei den Ihrigen zeigt sie sich leider gern als beleidigte Leberwurst oder gar Mimöschen. Bei fast jedem Handgriff nölt sie empfindsam auf und kehrt - <u>vielleicht</u> so wie einst das süßeste Rehlein? - die Leidende hervor.
Das Brötchen ließ sich nicht aufschneiden, das Marmeladenglas nicht öffnen, und dann fand die Marmelade keinen Halt auf dem Croissant!
In Rebeccas Leben reiht sich eine Ärgerlichkeit an die andere.
Oben in Rebeccas Zimmer durfte ich einen Brief von Erziehomi Agnes lesen, der geschrieben wurde, als der Opa noch gelebt hat. Die Omi kehrte wieder sehr die Erziehende hervor, indem sie schrieb, daß sie von der Mama gehört habe, daß der kleine Heinz sehr tyrannisch veranlagt sei, und sogar mit den Speisen um sich schmisse!

„Erziehst Du ihn auch ein bißchen?" frug die Oma in ihrer Epistel zwar fragend, so doch auch mahnend „mit dem Zeigefinger".

Um 13 Uhr sollte in der Kirche eine Mammutprobe anheben – aufgesplittet in lauter kleine Teileinheiten (16:00 – 16:10 Händel 2. Satz, z.B.) mit welchen Organisations-Ass Konrad einen ganzen Zettel tabellenartig ausgefüllt hatte.

In der Küche erzählte mir die Rebecca noch ganz detailliert einen sehr interessanten Traum, welcher strenggenommen wirklich interessanter war, als die Impfskandalgeschichten in der Zeitung, in welche ich mich erwachsenengemäß nun hineinkrümmte, und dem Kindermund nur ein halbes Ohr schenkte.
(Hi und da „m-hm" murmelnd, so wie einst der Onkel Eberhard.)
Im Traum lebte die Rebecca mit ganz vielen Leuten in einem Haus, und die ernährten sich seltsam: Manche von ihnen ernährten sich nur von Blättern, und ich z.B. ernährte mich hauptsächlich von Geigen!

Sonntag, 8. November
Crostwitz

eher trüb

Im Halbschlaf hörte ich, *wie Rehlein so bezaubernd „Kikalein!" zu mir sagte*, so wie´s nur Rehlein kann!
Dann besuchte mich die Rebecca in ihrem rosa Schlafanzug, so daß man sehen konnte, daß sie Kantorenfüße hat, wo die Zehen nämlich orgelpfeifenartig angeordnet sind.
Die Rebecca brachte ihr Tagebuch mit.
Gestern hat sie seitenweise in einer Schrift geschrieben, die man gar nicht lesen kann, weil´s dann schneller geht.

In die kurze verblieben Zeitspanne bis zum Gottesdienst, wurde ein kleines Frühstück hineingepresst.
Mir fiel auf, daß die Erwachsenen nie klar ansagen, neben wem sie sitzen möchten?
Der kleine Heinz wollte unbedingt neben der Mama sitzen.

Im Foyer der Kirche lernte ich den neuen Geistlichen kennen, und empfand´s so, als würde er eine leicht hysterische Freundlichkeit ausströmen, die einen aber gar nicht richtig wärmt.

Konfirmandengottesdienst:
Der neue Geistliche rief die linkischen Firmlinge, von denen es ja heißt, ihr Glaube würde sich nun von Jahr zu Jahr festigen, zu sich auf die Bühne. Noch aber handelte es sich um knochenlose unreife Gestalten. Justin, Monique, Barbara Müller – und wie sie alle hießen..
Konrad und ich spielten vier Sätze aus Bach´s G-Dur Sonate, und irgendwie fand ich heut zum Konrad mit seiner bleichen Hochglanzglatze, die sich wie eine Haube von den radikal abgemähten und eingeebneten Glatzenreststoppeln abhebt, gar keinen rechten Draht.

Montag, 9. November
Crostwitz – Grebenstein

trüb

Betrat man heute die Küche, so zauberte der Kandelaber in Verbindung mit dem Wischregen draussen, eine so überaus adventliche Stimmung, die den Hereinkömmling sogleich umhüllte.

Ich brachte die Rebecca in die Schule.
Gegen den Regen hatte sie eine Kapuze übergestülpt bekommen, und ihr allmorgendliches Beleidigtsein war

wie weggewischt. Sie hüpfte, und lachte fröhlich über meine Scherze.
„Ich komm dich bald wieder besuchen!" versprach ich nett zum Abschied.
„Aber nicht jedes Jahr!" sagte die Rebecca, und gemeint war, daß ich nicht bloß einmal im Jahr kommen solle.

Dienstag, 10. November
Grebenstein – Aurich

sehr regnerisch trübe –
wenn man in Niedersachsen
manchmal auch kurzfristig die Sonne erahnte

Ich schlief sagenhaft.
Am Morgen lag ich murmelig im Bett und stellte mir vor, wie ich gleich die Augen aufmache, und alles ist seitenverkehrt?
Dann rüstete ich mich zum Tage:
Dichten, zusammenpacken, bißl Kontrollzwang ausleben, und ab!
Nach Art einer Antikontrollzwangsdomptöse sagte ich mir immer alles vor, was zu machen sei, und nur beim Abhaken der zurückgedrehten Heizungsknäufe strauchelte ich ein bißchen, indem ich das Erledigungshäkchen in der Luft viermal tätigen

musste, bloß um vor der Türe doch nochmals von Zweifeln befallen zu werden!
Den Schröders hätte ich noch etwas Milch und Joghurt schenken können, und die laute Schelle zerriss die Ruhe vor Schröders Türe.
Doch niemand schien daheim.

In Kassel:
Beim Gang durch den Regen zur Sushibar malte ich mir aus, wie es sei, wenn ich den Absprung von Grebenstein einfach nicht mehr schaff´?
Tag für Tag vergeht:
Am Vormittag pack ich mein Gerümpel zusammen, und nachmittags kehre ich dann doch immer wieder nach Grebenstein zurück, verschiebe die Abreise auf morgen und verbringe den Abend auf dem ausgeleierten Sofa.
Nach einer Weile würde ich das Räumzeremoniell, das mir bislang so viel Kummer macht, auch viel besser beherrschen. Jeder Handgriff säße nach einer Weile – so, wie bei einem Zirkuszeltabräumungsbediensteten.

Aurich:
Abends kam ein Skypeaufruf vom Onkel Dölein:
Man leuchtet auf, hört sich kurz, freut sich, und schon ist´s so, daß der Eine – in diesem Falle Onkel Dölein – den Anderen nicht mehr sieht!
Der Onkel ruft laut, ich rufe auch laut – werde aber offenhörlich nicht gehört, so daß mich ein Gefühl der Unzulänglichkeit beschleicht.

Der kleine virtuelle Bleistift hinter Döleins Namen tänzelte immer so emsig herum, so daß man sich Wunder was für Ergüsse erhofft – doch dann steht meist nur irgendwas Computertechnisches da, mit dem man als Frau wenig anzufangen versteht.

Mittwoch, 11. November
Aurich

triefig und regnerisch

Am Vormittag schrieb ich an meinem Roman, der doch bis Weihnachten fertig sein soll, um unter dem Christbaum zu liegen, sonst…..(ich hab ja bereits mehreren Leuten geschrieben: „sonst feiere ich bei Euch!")

Brief an meine Freundin Kadda:

Liebste Kadda!

Vielen Dank für Deinen netten Brief!
Ich schick´ Dir heute die ersten drei Kapitel aus meinem Romane der bis Weihnachten fertig sein soll, denn "ehe der fertig ist, brauchst Du Dich hier gar nicht wieder blicken zu lassen!" sagte meine Mutter

zwar nicht direkt in diesen groben Worten (so reden ja bloß die Leute in meinen vormittäglichen Realseifenopern, die ich für mein Leben gerne anschaue.)

"Wüee?- nicht mehr blicken lassen??- HALLOOO, meine Fresse, ej" antworten dann die normalen Töchter auf diese Grobheiten und bekommen davon einen konsternierten Ausdruck ins Gesicht, so wie meine Tante Deborah, wenn sie morgens hormonellgesehen ungenießbar gestimmt ist.

Doch gemeint hat meine Mama das genau sooo und nicht anders, da ja auch mein Pabba immer gern groß rumgetönt hat und nie etwas zuende führte, und jetzt hat die Mama Angst, daß ich genauso werden könne.

Das Buch erzählt die Geschichte von unserem hiesigen Kantor Schmidt, von dem ich Dir ja schon viel berichtet, und dessen Namen ich leicht verändert habe.

Alles andere dürfte stimmen....naaain! Jetzt schieße ich aber über das Ziel hinaus! Ung´sagt, ung´sagt, ung´sagt!

Aber ich dachte mir: Dich als Frau eines Kantor Schmitts interessiert´s sicher, was ein Kantor <u>Schmidt</u> so treibt?

Sobald Du es gelesen hast, schicke ich Dir das nächste Kapitel.

Liebe Grüße und auf bald!
Deine Franze

Dann arbeitete ich wieder an meinem „Roman".
Angedacht war ja, daß ich meinen Text ohne abzusetzen expandiere – doch letztendlich walzte ich nur den Anfang nach Art eines Mürbeteiges aus, so daß zumindest der Anfang etwas in die Breite gebügelt wurde.

Im Klub:
Über meinem Galopp auf dem Laufband ist es dunkel geworden, und im Künstlerzimmer begrüßte mich eine splitternackte Frau mit einem höflichen „Moin".
Eine Frau in mittleren Jahren von rundlichem Wuchs – so, wie ich es bin!
Ich kaufte noch Brot im Bioladen und frug mich nach Art von meinem Ex-Onkel Ric:
„Gehe ich eigentlich gerne in den Bioladen?"
Antwort: Nein.
„Tut mir die Freundlichkeit des Personals gut?"
Antwort: Nein.
Es handelt sich um eine hohle, aufgesetzte Freundlichkeit, die man allen Kunden zuteil werden lässt.

Donnerstag, 12. November
Aurich

trübe und nieselig

Aus einem langen Brief an die Tante Bea in Übersee.

Liebstes Beätchen!

Vielen Dank für Deine beiden netten Briefe, die wirklich ausgesprochen lustig waren.
Du solltest selber einmal wieder zu Besuch kommen.
Onkel Dölein ist uns eh immer treu. Er kommt jedes Jahr und jetzt skypt er jeden Tag, und immer wenn ich mich ans Internet setze, dann kommt ein Skypungsaufruf von Onkel Dö!
Onkel Dö lädt mich ein, mit ihm zu skypen und ich darf anklicken: annehmen oder ablehnen. Doch jedesmal nehme ich freudig an....
Ich glaube, Du weißt gar nicht, was das ist, denn Du selber skypst ja nicht, weil Du viel zu hibbelig dafür bist? Man sieht verwackelte Bilder, der Onkel sieht leider gar nichts, weil meist etwas mit den Kabeln im Unlot ist - doch man hört einander und freut sich.
Jedenfalls bist Du schon seit 10 1/2 Jahren nicht mehr zu Besuch gekommen, und dabei wäre es doch

nicht zuletzt auch ein Wiedersehen mit der alten Heimat.

Du glaubst zwar, du wärest eine Amerikanerin, und im Zoo ziehen sich die Nilpferde manchmal zum Spaß ein rosa Röckchen an und hoffen, daß sie sich, wenn sie's nur lang genug tragen, in Flamingos verwandeln.

„Man hält mich hier für einen echten Flamingo!" frohlocken sie. „Naja, vielleicht für einen, der mehr so von der Ostküste stammt..."

Zuweilen stelle ich mir vor, daß es Dir vielleicht so geht, wie Buzens taiwanesischer Schülerin Han-lin?

Die Han-Lin heiratete einen Schwaben namens <u>Hans-Peter</u>. Einen Herrn mit einer runden, hauptumspannenden Blumenkohlfrisur, und in ihrer Fantasie ist sie jetzt eine echte schwäbische Ehefrau, die sich in Stuttgart pudelwohl fühlt, und dort bis an ihr Lebensende zu verbleiben gedenkt.

Wenn sie in 10 Jahren mal nach Taiwan reist, dann sagt sie zu ihren Kindern: "Du muuus vasuch, mit Oma chineees schbpröch!" und die Kinder sagen dann lustig: "tsching tschang tschong!" und hoffen, daß das etwas heißt. Es heißt tatsächlich etwas: nämlich: "Bitte sing mittel!" (Ein selten gebrauchter Satz). Doch die Kinder sprechen es bestimmt ganz falsch aus, so daß die Oma ganz konsterniert ist.

"Daß du es nicht für nötig erachtet hast, Deinen Kindern Deine Muttersprache beizubringen!" sagt sie

dann enttäuscht und gekränkt, so wie es nur eine Chinesin sein kann.
Na jedenfalls: Die Han-Lin denkt, man dächt´, sie sei eine Schwäbin, die vielleicht von der Ostküste stamme?

Onkel Hartmut lud mich zu seinem 64. Geburtstag ein, wo 64 feine Leute aus Politik, Kultur und dem Rechtswesen erwartet werden.

Freitag, 13. November

regnerisch trübe

Erhoben um 5
Wenn alles klappt, und der eingeschneite Flughafen in Peking wieder freigegeben wird, dann fliegt Buz morgen nach Hause und sitzt übermorgen wieder in seiner Eckbank in O., und man hört ihn begeistert erzählen…
Buz hat nun intensiver am Leben teilgenommen, als Rehlein, Ming und ich zusammen, denn gestern schien´s mir z.B. so, als hübe nun auch Ming damit an, eingleisig zu fahren: Er fährt nach Hannover, und dort sitzt er am Elektroklavier herum, wartet darauf, daß

das Julchen vom Studium heimkehrt, und nichts geschieht.

Beim Frühstück erzählte ich Ming genußvoll, wie der Kronprinz von Japan bei einer Pressekonferenz einen Eklat provozierte:
Dem Sinne nach – und hierfür muß man noch ein wenig ausholen, um das Beispiel an einem anderen Beispiel zu verdeutlichen:
Ein Sohn schreibt seinen Eltern:
„Liebe Mutti und lieber Vati! Wie geht es Euch? Mir geht es gut!"
Dann fällt ihm nichts mehr ein, doch plötzlich hat er das Gefasel satt. Er zieht das Papier, das er ein wenig ratlos hinfortgeschoben hatte, wieder zu sich heran und schreibt in großen ungestümen Lettern weiter…
Er reißt eine Mauer nieder, und hernach fällt ihm plötzlich so viel ein, daß das zu Schreibende wie ein Sturzbach aus der Feder quillt.
"Ach, was erzähle ich Euch da!" fährt er in seinem Briefe fort. "Ich habe größte Probleme mit Frauen, Geld und Alkohol! Aber hört meine Geschichte von Anfang an …."
Auch Kronprinz Narohito hatte das Drumherumgefasel satt:
„Wie geht es Ihrer Hoheit, der Prinzessin?"
„Guuhut!"…! Ach was erzähle ich Ihnen da?!? Meine Frau wird von einem 2000 Jahre alten Hofprotokoll dirigiert, wie ein Schmetterling in einer Vitrine gehalten, und nun soll sie lächeln, lächeln, lächeln! Ich

bitte Sie! Was soll die Frage?" (Dies sagte er in höflichen Worten auf japanisch.)

Ich riet Ming, den ausgeschriebenen Musikschulleiterposten anzunehmen, doch dem anspruchsvollen Ming wäre der Lohn zu mager: Man bekäme bloß 1500 € bar auf die Hand.
„Aber dafür bekommst du später eine saftige Rente!" schürte ich Dampf, „und als Musikschulleiter muß man eigentlich nicht viel machen: Hi und da sein Zimmer aufschließen und Eile ausströmen", erinnerte ich mich an die Zeiten eines Hans-Joachim Seibold.

Am Abend war ich plötzlich so gerührt, daß mir die Mika vor 13 Jahren eine Karte zum Reinhard Mey-Konzert geschenkt hat.

Viel zu bald war die Nachtesschwärze vom Morgen wieder zurückgekehrt, so daß sich der nachtgepufferte Tag anfühlte wie ein Tag im Futeral.

„Meine Eltern haben mich vergessen!"
Von diesen Worten kam mir das Julchen so einsam vor. Na, wenigstens mit dem treuen Ming als einz´gem Halt im Leben.
Ich stellte mir ein Szenarium vor, wie´s theoretisch sein könnte:
Für Julchens Mutti ist das Julchen nun wirklich „aus dem Hause".

„Du kannst jetzt nicht jede Woche hier antanzen! Vati und ich leben jetzt unser Leben!" stellte ich mir vor, das sie sagen *könnte.*

Das Julchen glaubt nur zu etwa 20 %, daß sie in 10 Jahren noch in Aurich ist. Immerhinque!
Mehr noch als vor kurzem, als ihr dieser Gedanke undenkbar schien.

Samstag, 14. November

nach trübem Beginn leuchtete die Sonne
novemberlich auf –
mit reizvoll beleuchteten Wattestückchen am Himmel

Ming spielte ein Werk von Debussy, und ich rief einfach mitten in die Musik hinein: „Gleich kommt mein Lieblingston!"
Dieser hat dann aber noch eine ganze Weile lang auf sich warten lassen, und zweimal hat man gemeint, das Stück sei nun zuende, bloß daß es ja doch noch weiterging, und dann kam mein Lieblingston schließlich doch.
„Das war er", sagte ich mitten in den Ton hinein, und dann wollte ich Ming noch bitten, mir meinen Lieblingston noch ein paar Mal vorzuspielen, unterließ

es dann allerdings, da Ming nach dem letzten Ton unverzüglich mit Chopin´s h-moll Scherzo anhub.

Ich erzählte Ming dichterisch vom Konrad, der seinen Tag gerne in Tabellenform abspult.
Verwöhn-Omi Berta (seine Mutter, die Gegenschwiemu zu Erziehomi Agnes) sei sehr nett, wußte ich zu berichten, bloß hätte sie solche Probleme mit dem Monat November! Die triste Novemberstimmung drücke Omi Berta so sehr in die Tiefe, daß sie sich morgens gar nicht erheben mag.

Sonntag, 15. November

nach sonnigem Beginn <u>sehr</u> trübe

Ich erfuhr, daß Gretels Mutti so ordentlich war, daß sie sich zu Lebzeiten bereits ein Beerdigungskonto eingerichtet hat, auf dem sich heute so viel Geld befindet, daß man das nie und nimmer allein für die Grabpflege ausgeben könne!
Die genußfreudige Gretel plant, einen Batzen davon abzuheben, und an Vati´s 100. Geburtstag am 5.12. mit den Geschwistern fein essen zu gehen.
(„Mutti lädt ein!")
Mal schaun, ob ihr Bruder Manfred, der ja verstimmt mit ihr ist, sich bis dahin wieder beruhigt hat?

Das Julchen spielte Popsongs – so auch z.B. jenen berühmten Hit den man von Andrea Bocelli kennt, und wo man den begnadeten Sänger im Pulvernebel assoziiert. Sich ganz den Emotionen der Musik hingebend.
Ich malte mir gleich aus, wie Ming sein nächstes Konzert mit Werken dieser Art auspolstert.
Davon wird das übernächste dann ganz voll.
„Da habt ihr wirklich was verpasst!" tragen die Leute weiter, „Emouschns pur!"

Montag, 16. November

                        ein trübes Schirmwetter

Rehlein schickte eine E-Mail, die mich sehr in die Tiefe riss, so daß ich mich plötzlich wie gelähmt fühlte.
Den ganzen Tag kommt keine Post, dann kommt doch was, und dann ist´s nur Scheiß!
Rehlein schrieb: „Ich komme übrigens nicht. Zu teuer. Da lass ich mir meinen Zahn lieber hier reparieren!"
Hilflos schrieb ich einen Dürrzeiler zurück:
„Bitte, bitte, bitte komm!" schrieb ich, doch dann fiel mir nichts mehr ein, weil mich die Enttäuschung so leer gesogen und jeglicher Lebensfreude beraubt hatte.

Wie groß mag da erst die Enttäuschung vom Arno sein, dessen Mutti sich ihm einst durch Selbstmord entzog?
Ich fühlte mich so von Rehlein entwurzelt und durchschwebte den Tag freudlos, so als sei ich betäubt oder gar bekifft!

Dienstag, 17. November

sehr aufgeklart. Schön frisch und nicht allzu kalt

Erhoben um 5
Brief an meine entfernte Verwandte Nanni in Graz:

Liebste Nanni!
Vielen tausend Dank für Deinen rührenden Brief zu meinem Geburtstag, über den ich mich sooo gefreut habe! Ich wollte ihn natürlich sofort beantworten, doch ein langer, aussagekräftiger Brief verdient auch eine schöne Antwort, und so bitte ich sehr um Exküse, daß ich die immer vor mir hergeschoben habe.
Ich ringe nämlich, seitdem ich zurückdenken kann, jeden Morgen an einer gescheiten Gestaltungsstrategie für den Tag herum.
Manchmal lebe ich so, als sei ich ein Schüler in der Schule:

Ich schreibe mir einen Stundenplan, und versuche, sklavisch genau danach zu leben. Die Pausen sind dann immer entweder 5 oder 15 Min. lang - zu lang um zu sterben zu kurz um zu leben, und die 45 Min. Flickerln drumherum versuche ich bis zum Rande mit sinnvollen Tätigkeiten auszufüllen.

Nun zu Deinen Fragen:

Mir geht es ausgezeichnet, und den "heutigen" Tag - (nämlich meinen Geburtstag, der ja nun auch schon Historie ist), verbrachte ich auf der Durchreise in Kassel. Fast den ganzen Tag über hatte ich leicht vergessen, daß ich Geburtstag habe, doch hi und da fiel es mir wieder ein, und dann freute ich mich leicht auf.

Seitdem ich jetzt wieder in Aurich bin, sagen wir fast jeden Tag: "Heute feiern wir meinen Geburtstag nach!", wobei uns eine lustige Feier mit Topfschlagen und anderen Vergnügungen, so wie einst zur Kindheit vorschwebt, da ja Erwachsenengeburtstage vergleichsweise ein bißele langweilig sind.

Bloß haben wir vergessen, wie diese Spiele gehen, und außerdem haben die Erwachsenen immer viel zu viel Außervergnügliches vor.

Und so verschoben wir die Feier jeden Tag (bis jetzt). An Weihnachten komme ich womöglich wieder nach Ofenbach. Sollte der Peter mal wieder eine Dichterlesung halten, so gebt mir bitte unbedingt Bescheid! Ich liebe Dichterlesungen, und fahre *zuweilen extra in´s mehr als 100 km entfernte Nartum, wo einst der jüngst verstorbene Dichter Walter Kempowski (1929 - 2007) ("Uns geht´s ja noch gold") lebte. Früher hielt er einmal im Monat eine Dichterlesung ab, und nun tut´s Ehefrau Hildegard, die ja gottlob noch da ist. Davor gibt es immer eine Kaffeestunde mit etwa 70 - 90 Senioren im Nartumer Hof, und mir gefällt´s!*

Liebe, herzliche Grüße Euch allen!
Eure Franziska

Ich erzählte Ming, wie schad es doch sei, daß die Veronika jetzt in einem saunavertäfelten Haus auf einem hohen Hügel lebt, vor dem sich kaum ein Parkplatz findet, so daß ein Besuch bei ihr mit ebensolcher Müh verbunden ist, wie einst in Nürnberg.

Trotz des schönen Wetters damals, denke ich nicht so gern an Manolzweiler zurück, weil ich die Nachbarin dort nicht so mag, so daß ich der nicht noch einmal begegnen möchte: Einer kleinen humorfreien, vertrockneten und unangenehmen Frau, auf deren backobstartig gedörrten Zügen man vergebens nach einer Spur Verbindlichkeit sucht, und die mir auf häßliche Weise mein schönes Auto madig gemacht hat, als ich am Ende der Straße, auf ratloser Parkplatzsuche, mit leicht jaulenden Bremsen unbeholfen wendete.

„Daran werden Sie nicht viel Freude haben!" sagte sie dümmlich über mein Auto, und schaute dazu blöde und beamtlich-stumpf, um mir zu bedeuten, daß ich dies bitte einsehen möge!

Dann erzählte ich Ming, wie der Jorberg das Zimmer seiner verstorbenen Frau Erdmute unangetastet ließ, so als handele es sich um ein Heiligtum.

Das Bett schön gerichtet und aufgeplustert – aussehend wie auf einer Zeichnung von Wilhelm Busch, und der Jorberg sagt vielleicht:

„Veronika!"

„Ja?"

„Verooonika!"

„Ja-haaa??"

„Du darfst hier schalten und walten wie du willst - du bist die designierte Frau des Hauses - doch dies eine Zimmer ist für Dich tabu!"

Mittwoch, 18. November

regenperlig und stürmisch

Auf Buzesart beplabberte ich den klavierspielenden Ming:

„Wenn mein Roman fertig ist, und veröffentlicht wird, dann wird er ja auch verfilmt, und kommt in die Kinos!"

Buz hatte geschrieben!
Rehlein hatte Buzen nämlich ein Aufsatzthema aufgegeben:
„Meine Reise nach Sheng Yang, und mein dortiges Erleben" und einmal ins Tippen geraten hörte Buz nicht mehr auf, und so gelang ihm ein rührender Report, der sogleich beantwortet wurde.

Dankesbrief an Buzen:

Vielen Dank, Du süßester Schatz! Ich hab mich sooooooooooo über diesen schönen, plastischen Report gefreut, und wir sind so stolz auf Dich, daß Du mit 71 ½ Jahren noch so intensiv am Leben teilnimmst, wie kaum ein 20-jähriger.

Sieht man Tones 86-jährigen Papi heut, so kann man sich nicht vorstellen, ihn alleine nach Sheng-Yang und Peking zu schicken - und noch weniger vorstellen kann man sich, daß er auch wieder zurückkehrt. D.h. ins Flugzeug setzen könnte man ihn natürlich schon - doch womöglich wäre es eine Reise ohne Wiederkehr?

Ich drucke Deinen Brief nun aus, um ihn dem süßen Ming zum Abendessen vorzulesen!

Grade steckt das "Rennpferd allerdings sehr in der Spur", indem nämlich Hausputz angesagt ist. Eine Saugorgie durchbebt unser Heim.

Wir freuen uns so sehr auf Dich, doch die letzten 10 Minuten vor der Ankunft sind bekanntlich die ärgsten

- d.h. sie scheinen einem länger, als die ganzen Monate des Nichtgesehenhabens zuvor, so daß man es wirklich nicht fassen kann, wie man das Leben so lange ohne Dich ausgehalten hat.
Was aber würdest Du machen, wenn plötzlich eine andere Frau statt meiner da wäre? Es heißt dann, die Kika mache beim "Frauentausch" in RTL2 mit, und statt meiner wütet nun eine moderne Frau namens Dschjessika oder Noemi-Joelle hier im Haushalt herum, muß meinen Roman zuende schreiben, und bekommt statt meiner die Violinstunden, die mir so Not täten! Am Sonntag muß sie statt meiner den Violinabend in Schönemoor bezwingen, und hernach auf den Geburtstag vom Onkel Hambum reisen. - Nein, der Geburtstag wird nachgefeiert, und wurde auf den 28.11. verlegt. Christa bittet zu Tisch!

10000 Küsse
Euer Kikalein

Brief an Rehlein:

Liebstes Erilein!

Ich bin nicht beleidigt, sondern nur traurig, während ich mit dem Beätchen ver<u>stimmt</u> bin. (Trotzdem zwinge ich mich, hi und da einen Brief nach Übersee zu schicken, auch wenn´s eher aus Höflichkeit ist) -

aber Du bist ja meine Mutter, und die Enttäuschung, daß Du nicht kommst, hat mich so angenagt, daß ich gar keinen Schreibschwung mehr verspüre. Ich fühle mich wie der kleine Vogel von Buzens Kusine Birgit:
Jemand hatte vergessen, die Käfigtüre zu schließen, und als die Birgit vom Einkaufen zurückkehrte, da sah sie bereits von Weitem, daß man auch noch vergessen hatte, das Wohnstubenfenster zu schließen.
"Oh je!" dachte sie, "den Vogel kann man vergessen!" und dabei hatte er 17 Mark gekostet, was damals viel Geld war.
Doch der kleine Vogel saß artig in seinem Käfig, obwohl ihm doch Tür und Tor in die Freiheit geöffnet gewesen wären! Er schien keinen Freiheitsdrang mehr zu spüren, und hätte darüber hinaus auch gar nicht gewußt, wohin mit sich?
Ein äußerst weit hergeholter Vergleich. Aber so bin ich halt.

Donnerstag, 19. November

schön klar.
Am Nachmittag ein mattblauer Himmel ohne Sonnenglanz

Erhoben um 5
Ming hatte ein sagenhaftes Werk von Carl Philipp Emanuel Bach ausgegraben, welches sich in einem Album befindet, das einst der alte Bach zusammengestellt hat.
Im Grunde, so Ming, tat er genau das, was die Popstars heute tun: Er stellte ein Album mit seinen Hits und Hiteshits zusammen.
„Die Menschen sind ja die gleichen geblieben!" meinte ich, „nur die Erfindungen drum herum sind heute etwas moderner!"
Ich beplabberte den haushaltstechnisch herumwütenden Ming mit allerlei, wie z.B., daß mich F.J. zum Kuchen essen eingeladen habe. Ich könne mich aber des Verdachts nicht erwehren, daß sie mich vergiften wolle.
Sie vergiftet mich und verscharrt mich in ihrem Garten, wenn ich sie, an die man seit Jahrzehnten kaum noch gedacht hatte, an einem regentrüben Abend auf einer Heimreise ganz spontan, und ohne es geplant zu haben, besuche.
……müde sitze ich im Auto, als plötzlich das Schild „Bassum 13 km" vor mir aufleuchtet…

Schon wieder ein interessantes Roman-Sujet.

Der Verdacht, daß das tägliche Hundewürstl vor unserer Türe von Runges Hündchen Päddi stamme, hat neue Nahrung erhalten, denn mit Päddis Exitus hat dies unschöne Kapitel in unserem Leben ein abruptes Ende gefunden, und dabei hat Rehlein einmal einfach einen Herrn mit Hund grob angemacht deswegen.
Ich machte vor, wie Rolf Runge sich vor laufender Kamera des NDR über die Hundekacke in Rage redet:
„Hallloooh??? Geht's noch ej?? Wo bin ich denn?!?"
und dann war's sein eigener Hund.

Freitag, 20. November

morgens schöner Sonnenschein,
dann fegte eine weiße Wand herbei,
und bei Dunkelheit begann es loszutröpfeln

Erhoben um 5
Am Vortag zu Opas 100. Geburtstag entrollte sich ein wunderschöner, sonniger Tag.
Als ich in der Küche stand, dachte ich:
„Heut vor 100 Jahren war die Esslinger Oma grad hochschwanger mit ihrem Erstling!"

Ich sah es vor mir. Damals wußte man noch nicht, ob es wohl ein Bub oder ein Mädchen wird, und konnte nur <u>hoffen,</u> daß es ein Bub würde, der später Haus und Hof erbt.

Meine Überei zog sich hin, doch man will sich ja erstmal ein Pausenpölsterchen zurechtverdient haben. Ich verzichtete auf zwei mir zustehende 10-Minuten Pausen, und bei der dritten hatte ich mir somit ein 30-minütiges Pausensitzkissen „zusammengenäht", und mit den 22 ½ Min., die mir ab 9 Uhr als Frühstückszulage zustehen, pausierte ich mit einem stolzen Pausenguthaben von 57½ Min. ersteinmal unverzüglich los. Doch als ich mal oben kurz auf der Klobrille Platz genommen hatte, da war das Guthaben schon wieder auf 49 Minuten eingeschnurrt.
„Und ich habe ja noch gar nichts von meiner Pause gehabt!" dachte ich, denn ein Brötchen zu schmieren ist ja strenggenommen kein Pausenvergnügen, sondern saure Arbeit.

Im Internet las ich den Fall der Familie Seebald aus Österreich:
Beide Eltern HIV-positiv – drei Kinder wurden vom Jugendamt abgeholt, und ihren gesunden Säugling werden sie gezwungen mit AZT zu vergiften, wenn sie den denn mal behalten wollen! Ein Gift, welches man in düsterem Humore in „Ab zum Teufel" umbenannt hatte. Mutti Seebald schreibt lange Früchtebrotbriefe an Politiker, die womöglich nicht einmal gelesen

werden, da die österreichischen Politiker ja, wie man weiß, alle so bleed saan.

Am Friedhof vorbei liefen ganz viele Schüler mit Pappschildern, so als plane man zu Wachrüttelungszwecken eine Demo, und die Texte auf den Schildern waren alle auf Englisch gehalten. „Count kids, not money!" stand da geistlos.
Worte mit denen irgendwie nichts rechtes anzufangen ist.

Als ich mich daheim vor dem Duschhäusl entblößte, frug ich mich wieder, wer mir wohl ganz wurscht sei – bzw. <u>wem</u> man statt einer Freundschaftsanfrage wohl eine „Wurschtesanfrage" schicken könnte (falls es so etwas gäbe)? Ich ging meine Bekannten in jener Art durch, wie man vielleicht in rasender Geschwindigkeit über die Saiten einer Harfe gleitet – ein jeder Ton wird kurz angezupft, erklingt und verklingt alsbald.
„Inge Prawitz", beschloß ich. (Gretels Schwägerin).
Doch die kenne ich ja eigentlich gar nicht, und würde sie auf der Straße wohl auch nur als eheliches Anhängsel ihres Mannes Manfred wiedererkennen?
Jetzt, wo ich sie für mich als „wurscht" deklariert hatte, erwachte der Wunsch, sie näher kennenzulernen, und davon war sie mir augenblicklich nur noch halb so wurscht.
Inzwischen stand ich im Duschhäusl, ließ mich vom warmen Wasser beprasseln, und dachte weiter über diesen absunderlichen Themenkomplex nach.

Das ist ja eigentlich toll, wenn bei jemandem den man kennt, die Balance so genau geeicht ist, daß man den weder liebt noch hasst! Eine Prise Wohlwollen, eine Prise Ärger, und wenn die Waage kippt – dann au wei!

Einkauf im Real:
An der Kasse wurde ich vorbildlich von der leicht mopserten „Waltraud Bohlen" bedient.
„Haben Sie etwas mit Dieter Bohlen zu tun?"
„Das werde ich öfters gefragt?"
Hinter mir lärmte ein Kleinkind.
„Tobias, bitte!" sagte der Vater über die schrillen Quietschtöne.
Waltraud Bohlen erinnert an meine Freundin Ute M. in einer etwas fülligeren Fassung, und ich stellte mir vor, wie Ute M zweimal die Woche im Rewe an der Kasse sitzt, um die Haushaltskasse etwas aufzubessern.

Draussen schien mein Rad verschwunden, bzw. ich schien auf Alzheimerart vergessen zu haben, wo ich es hingestellt habe. Doch dann stand´s ja doch da.
Alzheimer hat aber auch seine guten Seiten: Man kauft ein, und daheim wartet dann ein Sack voller Überraschungen auf einen.

Samstag, 21. November

novemberlich. Leicht bleich vernebelt

Das Konzert in Schönemoor morgen, das ich auf gar keinen Fall vergessen darf, steht wie ein Hemmschuh auf meinem Lebensweg: Wie der gigantische Schuh eines Riesen auf dem Weg in ein bergiges Tal.

Die Gretel hat sich schon fast ein bißchen bei ihrem Großneffen Benjamin mit der Grippe angesteckt.
„Der Schweinegrippe?"
„Nein, der normalen Grippe!" wußte sie zu differenzieren, und unglaublich traurig wäre es natürlich, wenn es im Buch des Lebens später hieße:
Im Winter 2009 erkrankte die Gretel an der Grippe und starb.

An der Zeitungswand las ich, daß in einer nahegelegenen Kreisstadt eine 84-jährige Frau überfallen wurde. Überfallen wurde sie von einem Kapuzenmann, *und ich stellte mir vor, wie ihre Tochter einen Killer aus dem Internet auf ihre eigene Mutti angesetzt hat, bloß um Aufmerksamkeit zu erregen.*

Sonntag, 22. November
Aurich (Schönemoor)

In Aurich sehr grau – fast scheußlich.
Auf der Reise wiederum wunderbar sonnig
mit beleuchteten Schäfchenwolken

Dem Beätchen schrieb ich heut, daß ich ihr leider erst morgen zum Geburtstag schreiben könne, da ich in größter Eile stüke. Dann schrieb ich ganz viel über diese Eile, und der Brief wurde davon länger als die meisten Geburtstagsbriefe – bloß, daß er keine Gratulation, sondern nur eine Vertröstung darauf barg.

Zudem schrieb ich, wie Buz für seine Schüler die lange Reise nach Sheng-Yang und Peking auf sich genommen habe. Dort trotzte er arktischen Temperaturen und Schneetornadi, doch jetzt saß er fröstelnd im Sorgenstuhl, und der Weg nach Schönemoor zu *meinem* Konzert im Landkreis Ganderkesee, etwa 77 km entfernt, der war ihm zu weit.

Ich hätte so viele Vorschläge für Buzen gehabt, wie der einsame Nachmittag zu gestalten sei, - doch nichts kam an: z.B. auf den Klavierlehrerinnengeburtstag von Frau Marie-Luise Schmidt zu gehen.

Nur einmal machte Buz sich auf überflüssige Weise noch nützlich, als er nämlich seinen Freund Ingo anrief, um ihn (vergebens) dazu zu animieren, mein Konzert zu besuchen.

„Ich bin in teutschen Landen!" scherzte Buz durch den Hörer gleich zwiefach.

Schönemoor:
Ich fand die Kirche nicht, und so frug ich eine alte Spaziergängerin („die Spaziergängerin von Schönemoor"), die so freundlich war, und es mir ganz gründlich erklärte. Tatsächlich mußte ich nach einer Straße durch Kuhwiesen und mit Milchwerken am Horizont, in den Wald hinein fahren, und am Waldesrand stand ein Wirtshaus.

Die Kirche von Schönemoor gefiel mir sagenhaft. Im Inneren tobte ein Gottesdienst, und die Gestalten, die man dort erblickte, schauten aus wie auf einem alten Gemälde von vor 100 Jahren.
„Hier hätte es auch dem Kempowski gefallen!" dachte ich mit Blick auf die braven Gottesdienstbesucher nostalgisch.

Montag, 23. November
Aurich

> zunächst sehr verregnet,
> dann wurde es schön und äußerst reizvoll –
> abends regnete es laut und barmend

Passt man nicht auf, so hinterlässt Buz sein schönes Zimmer, welches er nur zum Schlafen und vielleicht zum Rumsuchen nutzt, wie eine Räuberhöhle: Man blickt auf ein zerwühltes Bett und herabgelassene Jalousien...Das Licht schaltet er nicht ab, und der hohe Ungemütlichkeitspegel kontaminiert das ganze Haus.
Nach Mingesart begann ich, wenn auch sehr positiv und nett, an Buzen diesbezüglich herumzubelehren, ohne daß Buz mir Gehör schenkte.

Beim Frühstück referierte ich Buz über die Zeitung an: Die Welt ist riesengroß, in jedem kleinen Dorf geschehen die unglaublichsten Dinge, und für den „Weltspiegel" werden so etwa acht Themen ausgewählt, so daß über diese acht Themen zu sagen wäre: „Diese acht Themen haben „es" geschafft"! Den großen Durchbruch in die Zeitung. (Auch wenn sie vielleicht total banal sind?) z.B., daß irgendein Jackpot in Italien geknackt wurde?

Dienstag, 24. November

> zunächst bleich.
> Vorfrostig, ohne wirklich kalt zu sein.
> Dann leicht sonnig.
> Mittags massive Bewölkung. Schließlich kräftiger,
> aber irgendwie doch vorweihnachtlich glitzrig
> wirkender Sprühregen

Erhoben um 6 Uhr 47.
Ich erhob mich zu einer äußerst windschiefen Zeit, da Rehlein gestern gebeten hatte, man möge sie um 7 Uhr zum Blutabzapfen wecken. Mein Ohr in Aurich, mein aufdringliches Telefongeschrille in Ofenbach - eine abenteuerliche Vorstellung!
Das süßeste Rehlein war aber bereits wach, so daß sie sich nicht leidend und verdrossen melden mußte, wie ich ja schon befürchtet hatte.

Kunstvoll presste ich die Frühstückszubereitung in die Aufsattelung zum Brötchenkauf – mich dabei fühlend wie der Konrad mit seinen stringenten und zielgerichteten Bewegungen. Ich hatte ohnedies vor, mir ein Beispiel an ihm zu nehmen, und mich in Zukunft auch in Tabellenform durch den Tag zu schlängeln.
Vor der Bäckerei fröstelte ein angeleintes kleines Hündchen wie ein Schneiderlein.

Fast hätte ich meinen Mantel darüber ausgebreitet und wäre in die Bäckerei gestürmt, um dem Hundebesitzer zu sagen, daß das arme Hündchen zum Erbarmen fröstele – dann hat man allerdings gesehen, daß es einer alten Dame gehört, die ihrem kleinen Liebling auch etwas Leckeres mitgebracht hatte.

Friedel hatte geschrieben: Subjekt: Unfall….
Doch es war bloß, daß er eigenäugig hat mitansehen müssen, wie ein 18-jähriger das Auto seiner Mutti an einen Baum fuhr.
„Mutti, ich habe Dein Auto zu Schrott gefahren!" habe er wenig später am Händi kleinlaut gebeichtet.
Der junge Mann hatte allerdings ganz blutige Arme, und wurde von einem Krankenwagen hinweggekarrt.
Dort konnte man sich jedoch nicht erklären, woher das viele Blut käme, da man überhaupt keine hinzugehörigen Verletzungen finden konnte. Vielleicht rührte es ja daher, daß er als perverser Frauenmörder soeben eine Frau ermordet hatte, und deswegen so schnell gefahren war?
Natürlich müsste man dem Friedel die Leviten lesen, daß er nicht einfach „Unfall" schreiben darf! Sonst denkt man, es ginge eventuell so weiter:
„Mir obliegt die traurige Aufgabe, die Verwandtschaft davon in Kenntnis zu setzen, daß meine lieben Eltern Antje & Kläuschen in den frühen Mittagsstunden bei einem Unfall um´s Leben gekommen sind."

Mittwoch, 25. November

weißgrau – leicht streng

Brief an Eva Fox-Gàl (Tochter des großen Komponisten Hans Gàl):

Liebste Eva!

Bitte entschuldige viele tausendmale, daß ich Dir erst jetzt meine E-mail Adresse zuschicke. Nicht, daß ich es vergessen hätte, doch die Tage sind randvoll mit Randtätigkeiten angefüllt, und für so eine schöne Aufgabe - wärmende Briefe nach England zu schicken, um sich eine schöne und begeisternde frische Freundschaft wachzuhalten, möchte man sich doch etwas Zeit nehmen, da ich zu jenen Menschen zähle die, einmal losgetippt in Schwung geraten, nur schwer einen Abgang finden. (Ungefähr so, wie jener Gast mit dem goldenen Sitzleder, der morgens um 4 Uhr immer noch da saß und kein Ende fand, von dem ich einmal sehr interessiert in einer Tschechow-Geschichte gelesen habe...)
Ich habe eine etwas seltsame Frage, über deren Beantwortung ich mich sehr freuen würde:
Könntest Du mir schreiben, wann ihr Geburtstag habt?

Ich habe den Ehrgeiz, daß ich, bis ich 80 bin, für jeden Tag im Jahr jemanden kennen muß, der „heute" Geburtstag hat. (Das Alter dazu braucht Ihr mir aber natürlich nicht zu schreiben – (Ihr seht auf jedenfall für mein Auge "noch nicht zum alten Eisen gehörend" aus.)

Neulich frug ich eine 98-jährige Dame nach ihrem Geburtstag, die davon allerdings in Moribundenlogik leicht pickiert mit mir war, da sie mich verdächtigte, heimlich herausfinden zu wollen, ob sie wohl schon hundert sei?

Sie ging sogar noch etwas weiter in ihren Überlegungen und verdächtigte mich auch noch, daß ich wohl zu sagen plane: "Sie sehen aber aus wie hööööchstens 98! Mein Kompliment!"

Donnerstag, 26. November

streng

Ich träumte, daß *es Buz war, der mit Alzheimer im Frühstadium zu kämpfen hatte.*

Ein Traum, den ich später beim Spülen laut erzählte – doch niemand hörte hin.

„In einem Stadium, wo man es noch hätte heilen können!" sagte ich in meiner Erzählung in der Küche,

doch da hätte mir der Onkel Andi mit seinem angelesenen, und somit fest einzementierten Wissen wohl Widerworte gemacht:
„Alzheimer ist unheilbar!"
Buz im Traume bot sich an, mich mit dem Auto nach Hause zu fahren, und so wartete ich nun vor der Türe auf ihn, der frisch mit der unliebsamen Diagnose behaftet worden war.
Stadium I: Das bedeutete, daß man so pö a pö seine Orientierung verliert, und tatsächlich konnte ich durch das Schlüsselloch sehen, wie Buz die Tür nicht fand.
Buz tat vor den Bediensteten dran allerdings so, als läg's nur daran, daß er seine Brille vergessen habe.

Um 11 Uhr erschien überpünktlich Frau Schinke.
Wir stellten uns im Unterrichtswinkel vor dem Televisor auf, und leicht peinlich war, daß Buz im Kabüffchen hinter uns laut telefonierte.
Ich versuchte, den Störenfried loszuwerden, und ihn dazu zu bewegen, woanders weiter zu telefonieren.
Doch Buz sagte: „Ich kann doch hier telefonieren!" und blieb einfach sitzen.
„Entschuldigung!" sagte er zu seinem Gesprächspartner, dem er eine viel größere Höflichkeit angedeihen ließ, als mir.
Heute spielte Frau Schinke zunächst die Malinconia aus Beethovens mörderischem Streichquartett op. 95 – einem Werk mit langgezogenen Tönen und höchst interessanten Harmonien.
Man weiß zwar um Buzens Einkanaligkeit, und dennoch fühlte ich sein pädagogisches Ohr auf mir

lasten, und bewegte mich als pädagogisch Agierende unfroh in einem Sud aus Verlegenheit und Unzulänglichkeit.

Später begrüßte Buz Frau Schinke allerdings sehr freundlich. Das was er gehört habe, hätte sehr schön geklungen, sagte er animierend, und: „Ich mußte noch mit dem Präsidenten telefonieren!"

Ich stellte mir vor, *daß Buz so täte, als telefoniere er mit dem Präsidenten der USA, um sich bei Frau Schinke hervorzutun.*

Herr Collmann am anderen Ende der Leitung wundert sich, daß Buz ihn plötzlich nur noch „Barack" nennt, und das Telefonat schließlich mit den Worten: „Grüß mir bitte die Michelle!" beschließt.

Freitag, 27. November

ein norddeutsches „Schönwetter" –
danach nur noch grau.
Abends strömender Regen

Vor dem Zentralcafé begegnete ich der mittlerweile 27-jährigen ehemaligen Musikschülerin „Maike W.", die mich beinah ignoriert hätte, dieweil es sich ja bei ihr um eine sog. „verklemmte Persönlichkeit" handelt. Ich sprach sie allerdings an, und erfuhr, daß sie in Aachen, der ersten Stadt in Deutschland, gelandet sei. Zwar lächelte sie dünn, doch Freunde sind wir leider nicht geworden – und dann kam sie mir mit der banalsten Ausrede, mit der ein Weiterstrebender überhaupt nur kommen kann: Sie müsse zum Frisör. Wobei die jetzige Frisur, die sie auf dem Kopfe trug, doch völlig normal ausschaute.

Abends kam Buzens Spezi Ingo zu Besuch, als ich soeben den Mund voll hatte (mit Rehleins köstlichen Dörräpfeln & Walnüssen), und nach so langer Zeit mußte ich ihn mit vollem Munde begrüßen.
Beim Weiterüben meldete sich die Hausfrau in mir:
„Man sollte dem Gast doch wohl etwas vorsetzen!"
Doch da hatte Ming bereits das Abendessen gerichtet, und als der Ingo mich frug, wie das Konzert in Schönemoor gewesen sei, hatte ich auch soeben wieder den Mund voll.

Abends fand eine Dichterlesung im Landschaftsforum statt.
Das vorweihnachtliche Ambiente fand ich sagenhaft!
Überall Tischchen mit Kerzen und Gebäckstücken.
Hinter dem Lesepult befand sich ein Fenster, durch das man in eine weihnachtlich geschmückte Gasse schauen konnte.
Jeder bekam ein schönes großes Glas Rotwein, und der Dichter, eine joviale und fröhliche Variation von Herrn Heike, trug insgesamt vier eigene Erzählungen vor:
„Kammermusik" und „Und sie staunen doch".
(So hießen seine literarischen Ergüsse.)

Mir gefiel´s: Er las so schön klar und deutlich, und die Leute lachten hi und da in leichter Erheiterung auf.
In der Pause wurde ich dann allerdings durch Ming & Julchen negativ beeinflusst, und davon gefiel mir die zweite Hälfte dann nur noch mittel.

Samstag, 28. November

wild-nordisch glanzloses Schönwetter –
d.h. mit wolkenfreien Oasen,
allerdings ohne Sonnenglanz

Beim Frühstück sprachen wir über den Dichter gestern. Ming & Julchen schien´s so, daß die Witze a) zu laumwarm und b) der Weg bis zur Zündung der lauwarmen Witzelei stets viel zu lang war!

Sonntag, 29. November

grau. Am Vormittag etwas trostlos

Beim Frühstück frug ich: „Dürfen wir den Adventskalender schon heut benützen?" da uns Mings Schwiemu Birgit nämlich zwei schöne Adventskalender der Firma „Milka" hat überbringen lassen. Dann warf ich die Frage auf, warum uns das Beätchen bloß nicht mehr schrübe? Ich hatte doch unzählige Mails geschickt – gestern sogar einen mit einem Hit von Udo Jürgens zum 66. Geburtstag, und als ich mir den später, als es mir leider in Ermangelung eines gescheiten Tüchtigkeitspfades noch nicht gelungen war, mich ins Rad der Tüchtigkeiten zu zwängen, nochmals ansah, sah man, wie der Udo darin, jung und sexy, tatsächlich ausschaute, als sei er in Olivenöl gewälzt worden, wie Buz vor Jahren einmal treffend bemerkt hat.

Aber vielleicht ist das Beätchen ja auch verstimmt mit mir, denn gerade die Humorvollsten unter uns haben doch ihre wunden Punkte, und nun fühlt sich das Beätchen als Möchtegern-Amerikanerin von mir möglicherweise verulkt und verspottet, da ich einfach den Vergleich mit dem Nilpferd und seinem rosa Röckchen angebracht hab.

Ming am Frühstückstisch meinte, es <u>könnte</u> sein, daß das Beätchen zur „Freude" von Linda & Jim verkündet habe: „Wir haben beschlossen, unsere Weihnachtsferien bei Euch zu verbringen!" Dem Lindalein ist es furchtbar unangenehm, aber dann nimmt sie sich doch ein ♥ und sagt dem Beätchen vorsichtig, daß sie das nicht wünschen, weil die denen einfach zu dominant sind.

Doch das Lindalein weiß ja nicht, daß das Haus von Beate und Jesse zwangsversteigert wurde. Die beiden alten Leutchen stehen <u>buch</u>stäblich auf der Straße. Die Jenny will die auf gar keinen

Fall nehmen – und solle man vielleicht zum Rifflein in seine winzige Kellnerbude ziehen? Oh je!
Die Beate sitzt nun vielleicht auf dem Sofa und schluchzt die ganze Zeit?
Ihr ganzer Humor, der sie in all den Jahren über so manch prekäre Situation hinweggetragen hatte, fällt in sich zusammen wie ein gesprengtes Gebäude.

Ich stellte mir vor, *wie ich jetzt im Alter plötzlich auch so erbärmlich und dürrgeistig würde wie ja leider viele Erwachsene. Ich schicke Rehlein eine Mail mit dem für mich absolut untypischen Satz: „Apropos Weihnachten. Ich komme übrigens <u>nicht</u>. Zu teuer, und zu unklare Straßenverhältnisse!"*

Beim Abendessen erzählte ich den jungen Leuten noch, wie Rehlein an Weihnachten stets ein so großes Herz zeige, und immer einen einsamen Studenten, wie beispielsweise Julia Kim, bei sich aufnimmt. Allerdings habe Rehlein verboten, bei Tisch über Violintechnik zu sprechen.

Eins ist übrigens interessant: Der „Biedermann", der Frauenmörder von Regensburg in dem fesselnden Buch, das ich Rehlein geschenkt habe, schaut genau aus, wie der Jorberg.
Man könnte direkt meinen, er wär´s!

Montag, 30. November

zart sonnig.
Abends schien der Mond eher dottrig

Erhoben um 5
Ich erhob mich, sehr gut geschlafen habend in die Nachtesschwärze hinein, und unten am Fuße der Treppe wartete ein kleines blaues Zettelchen auf mich, das ich beinah übersehen hätte:
Ich möge die jungen Leute doch bitte schon um 5 Uhr 30 wecken.
Meine Freiatmungsspanne war somit komprimiert, doch ich nutzte die gut, und schaute einen Verdachtsfall im Televisor an:
Eine nur *scheinbar* nette (pseudobesorgte) Nachbarin hatte einer jungen Mutti das Jugendamt auf den Hals gehetzt, so daß die beiden Kinder in ein – zugegebenermaßen wunderhübsches - gelbes Kinderheim gebracht wurden. Laureen und Ronny, 8 und 5 Jahre alt.
Die 23-jährige Mutti sah allerdings leider häßlich aus: Eine doppeltgepircte Stelle an ihrer Lippe wirkte so herpesartig, und beim Reden redete sie immer „mit Auftakt", indem sie vorher schon aufdringlich schnappend den Mund aufriss. Es erinnerte an eine Dame die immer gern im Mittelpunkt steht.

Ich schaute in den sich zunächst trüb entrollenden Morgen hinaus. Am Kompost sah man einen weißen Fleck, der so ausschaute, als sei´s Schnee. Doch es handelte sich um ein weißes Kätzle.
„Duu bisch ja ö goldigs Knöpfle!" sagte ich nach Art einer ganz lieben schwäbischen Frau.

In den Nachrichten ist derzeit zweierlei recht interessant:
Heut beginnt der wohl letzte große Naziverbrecherprozess: Gegen Ivan Demjanuk – verantwortlich für den Mord an 27 000 Menschen!
Und:
Ein Sträfling floh aus dem Hochsicherheitstrakt der JVA Aachen. Ein mitfühlender Wärter hatte ihm geholfen.
Vielleicht war dieser Wärter dem Schwerverbrecher aus irgendeinem Grunde hörig? Manchmal ist man jemandem auf unerklärliche Weise hörig, bemutmaßte ich Ming einfach, und ohne drum gefragt worden zu sein.
Im Grunde ist´s ja ein bißchen so, als ließe jemand im Zoo aus falsch verstandener Tierliebe die Eisbären frei.
Nun ist der Häftling im Besitz einer Polizeipistole auf freiem Fuße, und befindet sich irgendwo. Zwar stand bei AOL zu lesen: „Entflohener Häftling fast gefasst!"
Doch der Häftling reibt sich die Hände, dieweil er nämlich bei wahren Freunden untergekommen ist, da er der Dame des Hau-

ses einst das Leben gerettet hat. Etwas, das ihm die Familie nie vergessen wird.

Zum Mittagessen schauten Ming & ich noch einen Dokufall an:
Ein Koch, der wie ein Klavierprofessor ausschaute, hatte einen Kochunfall, in dessen Folge ihm seine Hand dick einbandagiert wurde.
Schweren Herzens mußte er seine verkommene Exfrau Nicole herbei bestellen, um sie zu bitten, auf die beiden Kinder aufzupassen. Die Nicole ist ein kleines fettes Schweinderl, das zudem naschhaft und diebisch wie eine Elster veranlagt ist. Eigenschaften die man gemeinhin kaum noch kennt.
Schon im Krankenhaus naschte sie dem Kranken einfach ungefragt seine Krankenhausmahlzeit – Würstl mit Sauerkraut – hinweg.
Daheim nahm sie gleich etwas umherliegendes Kleingeld an sich, und steckte sich eine Knackwurst aus dem geöffneten Kühlschrank direkt in den Mund.
Zu ihrer Arbeitsstätte, einer kleinen Bäckerei, kam sie immer zu spät, und dann biss sie in ein Brötchen, das doch zum Verkauf gedacht war, und bediente die Kunden mit vollem Munde!
Halllooo?!? Geht´s noch??
Beim Mittagessen sprachen wir somit über dieses verkommene Frauenzimmer, das abends auch noch mit einem Bier am Kiosk abhing und Herrenbekanntschaften knüpfte.

Ihre beiden Kinder haben somit eine ganz andere Mutti als wir.

„Vielleicht ist sie ja ganz lustig", mutmaßte ich positiv, „eine Frau, die für jeden Spaß zu haben ist".

„Das hat was für sich", sagte ich im Stile von Roland Moll, dem Kritiker, und zählte die Vielfalt an Frauen auf, die´s so gibt: Manche, die überhaupt nie ausgehen, dann gibt es wiederum welche, die ausgehen, sich dabei aber langweilen, und dann wiederum welche, die abends loszögen, um sich zu amüsieren.

Anknüpfend an Beätchens Satz, daß sie total erschöpft sei, sprach ich davon, daß es einen nicht erschöpfen würde, etwas zu tun. Man ist erschöpft, wenn sich nichts bewegt.

Ich riet, ein pingeliges Tagesprotokoll anzufertigen, und diesen Ratschlag gelobte ich auch selber zu beherzigen: Wir sollten minutiös aufschreiben, was wir alles gemacht haben, und abends halten wir dann eine Konferenz ab und schauen, wo man wohl hätte Zeit sparen können – auf diese Weise verbessern wir uns jeden Tag, und jener Tag wird kommen, an dem froh auszurufen ist: „Keinen einzigen überflüssigen Cent ausgegeben. Keine Sekunde verschwendet!"

Die Veronika steckt derzeit im Stress:
Es geht um die wirklich explosive Frage, bei <u>wem</u> sie wohl die Weihnachtstage verbringen solle?
Sich selber stellt die rührende Veronika bei dieser Frage so weit hintan, daß sie selber bei dieser Entscheidung überhaupt keine Rolle mehr spielt.

Davon, so ich, sollten wir ihr eigentlich anbieten, bei uns in Ofenbach zu feiern, denn allgemein ist ja bekannt: Streiten sich zwei, so freut sich der Dritte!
Ich könnte dann als Austauschgast in Pforzheim oder Manolzweiler versuchen, die Lücke von der Veronika im Rahmen meiner Möglichkeiten auszufüllen.
Hinter vorgehaltener Hand gesprochen:
Omi Himstedt ist ja mobblgleich um jeden einzelnen Gast froh, der *nicht* kommt – doch dem Jorberg kampflos die Veronika überlassen? Niemals!

Dann erzählte ich Ming noch, wie der verstorbene Herr Köhler während einer Einladung bei mir einmal mit Unterton zu seiner Frau gesagt hat: „Agnes? Dir scheint´s zu schmecken?" und das, wo die zag nachschöpfende Agnes, doch so gehofft hatte, ihr Nachschöpfen bliebe zumindest unkommentiert.

Ming und ich radelten zum „Kokelorum" (einem Lokal im ländlichen Ostfriesland am Kanal.)
An den Ampeln im Hafenzentrum hatte man Haltegriffe angebracht. „Für alle, die den Halt im Leben verloren haben!" scherzte ich, und kurz danach begann eine Serie an Begegnungen: Ein Ehepaar, das ich nur an dem Herrn erkannte, während die weißgesichtige Ehefrau mit der öligen Hautbeschaffenheit Neuland für mich war.
Sie beplauderte mich über unser Festival:
„War es wieder erfolgreich, ja? Wenn man so hoch oben ist, dann bleibt man da, oder kommt nie hinauf!"

begackerte sie mich beispielsweise ein wenig weit hergeholt, und hinzu in leicht zwickender und windschiefer Logik.

Unglücklich konstatierte ich, daß sich Ming mit dem Herrn von Mann zu Mann festgeplaudert hatte, während ich mich so abgestellt fühlte, und überhaupt nicht wußte, was ich mit der Frau so reden solle? („Höhö").

Kurz nach dieser Begegnung begegneten wir Christel Sieben mit ihrem mittlerweile 11-jährigen Hund „Anton", der so weit ganz nett geworden ist. Wir erfuhren, daß ihrem Mann Michael ein neues Knie eingepflanzt würde – etwas, über das wir später mit Frau Schöneburg sprachen, die mit ihren Walkstäben in raschelndem Herbstlaub stand, unmittelbar neben einem kleinen Hundekackwürstl!

Frau Schöneburg wiederum hatte einen Oberschenkelhalsbruch zu beklagen, und Herr Sieben in Bonn, mit Reha und allem drum und dran, kommt als neuer Kniebesitzer erst an Silvester wieder nach Hause.

Wir radelten noch eine Weile, und dann liefen wir genau jene Strecke ab, wie immer: Zu einer Stelle, wo man einen Bison sieht – der Bison schaute zu einer weißen Kuh hinüber, in die er sich verliebt hat, und die Kuh schaute dumpf zurück. Doch zwischen ihnen lag ein Wassergraben. „Eine unglückliche Liebe zwischen Ost und West!" sagte ich einfach, ohne zu wissen ob es stimmt.

Dezember 2009

Dienstag, 1. Dezember
Aurich

ganz wunderbares Wetter

𝕰rhoben um 5
Im Schlaf lärmte der einsame Ming mehrfach, wie ein blökendes Schaf, laut auf.

Ming hatte, grad wie ein richtiger, reifer Herr einen Termin, indem er nämlich zur Pressekonferenz mußte. Als Ming sich zusammenschnürte, befrug er mich interessiert nach dem Jürgen.
Ming wollte wissen, ob wir „per Du" oder „per Sie" sind?
(Per Sie.)
Und mir entsprudelte ein ganzer Roman, da ich ja, dank Jutta, allerlei über den Jürgen weiß – z.B., daß er eine sog. „Couchpotato" sei.
Während die Jutta abends gerne das Haus verlässt und das Tanzbein schwingt, bekäme der Jürgen nach Feierabend den Arsch nicht mehr hoch.
Eigentlich wäre es gut, ein dahingehendes Tagebuch zu führen, ob man seinen Arsch abends wohl nochmals hoch bekommt?
Ming bekommt seinen Arsch allemal noch hoch, doch eines Tages bekommt man ihn eben doch nicht mehr hoch.

Abends sah man die Merkelsche. die immer so verhagelt ausschaut, im TV und ich machte vor, wie Kanzler Kohl einst zu der Verhagelten gesagt habe:
„Mädchen, wenn du ganz nach oben willst, dann mußt du in die Scharmschule!"
Dies sagte er, da er sie ja immer „Mädchen" nannte, so daß sie nicht zuletzt auch als „Kohls „Määätschen"" in die Geschichte eingehen wird.
Von den gewichtigen Worten wachgerüttelt, ging die Merkelsche dann in die Charmeschule, und alle Schüler dort sahen so verhagelt aus. Nur die Lehrerin sprühte vor Charme, um ein Vorbild zu sein.
Ich imitierte eine hölzerne Politikerbewegung: Wie jemand seinen linkisch gewinkelten Arm starr auf- und abbewegt um die Rede mit einer gewissen Inbrunst zu füllen.
„Das lernt man in der Politikerschule bei der Politikerärobik" erklärte ich Ming.

Der flüchtige Gangster Michalski wurde heute gefasst, als er auf dem Radl fuhr. Zuerst hatte die Kriminalpolizei in Friesenlogik bei AOL immer aufleuchten lassen, wo sie ihn heute zu suchen gedachten.
„In Bielefeld!"
Der Michalski, der im Gegensatz zu seinem tölpelhaften Kumpel, der schon längst wieder eingeknastelt ist, schlitzohrig, intelligent und

humorvoll ausschaut (so ungefähr wie ein Grundschullehrer vielleicht?) ließ sich widerstandslos festnehmen und räumte sogar ein, daß er der Michalski sei. Jetzt wird er in ein anderes Gefängnis gepackt, *und wenn er in 15 Jahren entlassen wird, dann stellt sich heraus, daß es ja doch bloß Günther Wallraff war, der für seinen geplanten Bestseller „Lebenslänglich" recherchiert hat.*
Der echte Michalski hat sich bis dahin in Luft aufgelöst.

Mittwoch, 2. Dezember

zunächst sonnig,
doch ab Mittag zog eine weiße Wolkenschicht herbei

Gestern hatte ich Ming noch fast genußvoll aufgelistet, welche Sorgen wir alle *nicht* haben: z.B. die Sorge, abgeschoben zu werden, oder bald eine längere Haftstrafe antreten zu müssen.

In einem Mitten-im-Leben Fall wurde die Geschichte eines 22-jährigen Mädels mit käsig weißem Gesicht und gelbem Haar erzählt, das sich mit dem 21-jährigen Abdul aus Marokko nicht nur liiert, sondern auch noch fortgepflanzt hat, so daß die jungen Leute schon jetzt einen kleinen Säugling am Bein hatten…

Zum Schluß warf sie den Abdul einfach hinaus. Sie schnürte ihm sein Bündel, schob ihn durch die rotlackierte Tür in´s Freie, und es sah so aus, als besäße er nur dies kleine Bündel.

Doch er mit seinen melancholischen Augen und seiner traurigen Lebensgeschichte wird sicherlich noch vor Sonnenuntergang eine Neue gefunden haben?

Im Combi:

Nur eine einzige Kasse war geöffnet, und es bildete sich eine lange Schlange. Eine Seniorin bewunderte ich direkt für ihren forschen Mut, den zu bündeln mir persönlich in meiner derzeitigen Hormonkonstellation nicht vergönnt wäre.

„Können Sie bitte noch eine Kasse öffnen!" rief sie streng, aber auch klar und deutlich quer durch den Supermarkt. Ihr Mann in ihrem Schlepptau hätte sich das wohl kaum getraut, und jetzt, nachdem keine Reaktion gekommen war, hatte auch die Frau der Mut verlassen.

Wenig später platzte einer Dame hinter mir in jener Art, wie anderen vielleicht die Aorta platzt, ihr ganzes Kleingeld prasselnd auf den Boden und spritzte überall herum. Man lachte über dies Mißgeschick, und auch ich krümmte mich ehrenamtlich, und half beim Auflesen.

Donnerstag, 3. Dezember

Wolken zogen herbei,
doch hi und da zeigte sich ein Lächeln am Himmel

Die Küchenfee* besuchte eine Familie mit einer lieben, selbstlosen Mutter, die allerdings nach Art einer Ziege ein Kinnbärtchen trug, so daß sie immer für ihre Laser-Behandlung sparen mußte.
Und das Essen bei dieser Familie war leider so ekelhaft:
Es gab fettiges Hähnchen, und das Fett sah hinzu so aus, als wäre es schon mal verwendet worden. Dazu gab es Pommes mit Mayo, und im Kühlschrank standen lauter Ketchup-Flaschen.
Doch die Mutter mit dem Ziegenbärtchen war eigentlich eine ganz Liebe, die immer zuerst an die anderen dachte, und sich selber ganz hintanstellte.

*Doku im Fernsehen

Mittags gab´s bei uns Möhren und Kartoffeln mit Wurstzipfeln, und ich sprach davon, daß mich die Wurstzipfel immer so an die Margarete erinnern, weil sie die immer so besonders schmackhaft zuzubereiten versteht, oder aber weil dies vielleicht das Einzige ist, auf dessen Zubereitung sie als Junghausfrau sich wirklich versteht?

Immer wieder schwenkte ich im Rahmen meiner Loggoröh die Rede auf den Pianisten Viktor Emanuel von Monteton, dessen Webseite wir nun interessiert aufleuchten ließen, um bei dieser Gelegenheit festzustellen, daß er sich nach Art unseres Freundes Otis zum Dirigenten hat umschulen lassen. Auf einer Fotografie sah man, wie seine Alabasterhände die Töne sensibel zu formen schienen, und er, der Traum einer jeden Schwiegermutter, hat bereits ein erstes Konzert in Japan dirigiert.
Ming hat den Otis ein bißchen auf dem Kieker, und klickte seine Webseit an:
„Otis Klöber, conductor" steht da international zu lesen.

Freitag, 4. Dezember

grau und mild

Ein 97-jähriger Herr aus Oldenburg wurde von seinem Nachbarn erdrosselt, und der Nachbar kann seine Tat selber nicht fassen und berichtete im Prozessauftakt sichtlich bewegt wie es dazu kam: Der alte Mann habe ihn gebeten, Wasser in seine Heizung zu füllen, und dann habe er

nachkontrolliert, ob man dies wohl richtig gemacht habe?
Dies kränkte den Nachbarn so sehr, daß er ausrastete!

In der Fußgängerzone hatten sich zwei Kinder mit goldglänzenden Blasinstrumenten aufgestellt. Doch dann bliesen sie die schönsten Weihnachtslieder leider ganz „Ton für Ton" – wie buchstabiert.

In der Post kaufte ich Briefmarken für Rehleins Adventskalender. Ich zu Fokke Saathoff, einem Bediensteten mit Brille und grauem Kinnumrandungsbart: „Die Schönsten, die Sie finden können!"
Die einen fand ich nicht schön, und über jene zum 100. Geburtstag von der Gräfin Dönhoff sagte ich kategorisch: „Die nehme ich auf keinen Fall!" und kaufte stattdessen welche mit einem Stinktier drauf.

Samstag, 5. Dezember

> vormittags Regen,
> so daß Ming beim Radeln
> den Schirm bemühen mußte

Ich dachte mir eine Jorberg-Geschichte aus:

Beginnend damit, daß man doch gemeint hatte, auf die Veronika warte nun ein Leben in Saus und Braus im Luxus?! Doch Pustekuchen!

Der Jorberg trägt ihr auf, ein Buch für seinen Enkel zum Geburtstag zu beschaffen, und schön einzupacken. Gezahlt hat er es nicht, doch die Veronika schaut generös darüber hinweg, erinnert dann allerdings: „Du wolltest doch noch einen 50€-Schein in das Buch hineinbetten?!"

„Ach, ja – das mach ich noch. Leg´s da hin."

Später bringt er das Päckchen zur Post, und es wäre ja gelacht, wenn er da tatsächlich 50€ hineingesteckt hätte. Er wollte ja lediglich bei der Veronika als liebender und edler Großvater dastehen.

Das Einzige, was er für den Enkel letztendlich getan hat war, das Päckchen zur Post zu bringen, und dort muß er schwer schlucken, als es hieß, dies koste 4 €.

„Das sind 8 Maaark!" entsetzt sich der Jorberg, als Mann vom alten Schlage fassungslos.

„Ja leider!" sagt der junge Postbeamte mitfühlend, „das Päckchen ist genau um ein Gramm zu schwer."

Da packt der Jorberg das Geschenk nochmals aus, und rupft ein paar Seiten aus dem Büchlein heraus.

„Die können ja denken, daß dem Verlag ein Fehler passiert ist!" denkt er beschwichtigend über diesen leichten Frevel, und: „Es ist auch nicht alles gold, was so geschrieben wird!"

Doch so schön, wie die Veronika das Päckchen zusammengepackt hat, bekommt er es leider nimmer hin.

Schade, daß unsere Glasemännle so wenig Ausdruck im Gesicht haben, bzw. hatten: nur zwei warzenartige Rosinen als Augen!
„Das wär jetzt so schön gewesen, wenn die ganz künstlerisch gewesen wären!" rief ich dem Backwerk bedauernd hinterher, weil ich es plötzlich nicht fassen konnte, daß die von der Backbranche sich so wenig Mühe geben!

Nach dem Frühstück hängte ich die Wäsche auf, und die Langeweile dieser öden Arbeit dämpfte ich mir damit, daß ich „Opa Wolfgang" spielte.
„Agnes, dös isch mir alles ö weng langsam! Könnsch du net einen Zahn zulegen!" ließ ich den Opa Wolfgang ausrufen, und hängte davon tatsächlich einen Tick schneller an der Wäsche herum.

Dem Opa Wolfgang ging´s in gewisser Weise wie dem Ashkenazy.
Wenn der Ashkenazy irgendwo ankommt, dann möchte er unverzüglich losproben, und nicht erst Tee trinken.
Er sagt: „I want to rehears immediatly!" mit rollendem "R", und so erging´s auch dem Opa Wolfgang: Er kam irgendwo an, und wollte sich unverzüglich nützlich betätigen, und „net ersch rumhoggö und Kaffee dringö".

Nachmittags spielte Ming auf dem Klavier seinen Debussy zum Verrücktwerden schön!

Heute wurde der Flügel abgeholt, und ohne den riesigen schwarzen Flügel sieht das Musikzimmer ja eigentlich noch schöner aus.
Und dadurch, daß unser Klavier ja fast genauso gut klingt wie der Konzertflügel, könnte man den Flügel der Kirchengemeinde in Viktorbur doch verkaufen! Für den Erlös von sechzigtausend €uro könnte Ming zweimal im 7 Sterne-Hotel in Dubai logieren <u>und</u> sich außerdem noch den schönen Luxusglobus kaufen, den wir uns manchmal begeistert durchs Schaufenster anschauen.

Wie selbstverständlich stellte ich meine Stiefel vor meiner Türe auf.

Sonntag, 6. Dezember

zunächst zart-sonnig.
Ab Mittag regnete es jedoch,
so daß man nicht so gern vor die Türe ging

Heute träumte mir *von Hildegard Kempowski, die mich auf deprimierendste Weise als viel älter einschätzte als ich bin,*

nämlich als Frau, die etwa ein Jahr vor ihrer Pensionierung steht.
„…damals war ich etwa so alt wie Sie! Ich stand ein Jahr vor meiner Pensionierung!" (sagte sie.)
„Ich bin nicht so alt wie ich ausschaue!" sagte ich hilflos, doch Frau Kempowski hörte gar nicht hin.

Mittags war ich bei den Naumanns zu Gast.
Es gab ein Vier-Gänge-Menü, das als Generalprobe für ein Galadinner mit dem Albrecht gedacht war.
Wir sprachen über die Zahnarztfamilie H., und ich erzählte den Naumanns, wie Vati Jörg zwar mild und gut sei, - wenn die Kinder allerdings über die Stränge schlagen, so sei mit ihm nicht gut Kirschen essen.
Die Susi wollte als Kleinkind mal ihre Grenzen austaxieren, und sagte: „Wird's bald?!" statt „Bitte".
„Davon wurde der Jörg laut und streng, so daß wir Erwachsenen mit zusammengezuckt sind", berichtete ich dichterisch und lustvoll.
Die Susi wurde auf ihr Zimmer verbannt, wo sie laut und barmend heulte, und der Kenner ahnte, daß sie sich vorgenommen hatte, nie mehr mit der Heulerei innezuhalten.
Ich schlug den Naumanns einen Familienoberhauptstausch vor:
14 Tage lang tauschen die Familienoberhäupter Jörg und Erhard die Familie.

„Wird's bald?" sagte auch ich einmal, und fügte hinzu, daß auch ein Gast manchmal seine Grenzen austaxieren müsse.

Die nun fast 12-jährige Juliana spielte mir auf der Violine vor, doch „Auwei-geschrien!" muß hier ausgerufen, bzw. niedergeschrieben werden, und Buz in mir möchte sich über die pädagogischen Fähigkeiten einer Beate F. (Rehleins Nachfolgerin an der Städtischen Musikschule) nur fassungslos an den Kopf greifen.
1.) klang's total tonblind, und 2.) wirkte der Bogenarm so starr und statisch, als handele es sich um einen Grammophonarm!
Ich erfuhr, daß Beate F. zwar (noch) nicht unter der Haube sei, jedoch einen Schatz in Hannover habe, der sie ausgeglichen und froh stimme. Doch um ihre Hand scheint er bislang nicht angehalten zu haben?

Am Abend fand Mings Konzert in der weihnachtlich geschmückten Kirche von Victorbur statt:
Der Jürgen in seiner Einführungsrede nannte Ming „einen der bedeutendsten Pianisten", und für einen kurzen Moment mußte man fürchten, er würde ein „in ostfriesischen Landen" hintanfügen.
(Hat er aber nicht.)

In der Pause begrüßte ich Fritz-Werner und seinen greisen Papi „Herrn Schüt",* dessen Sanduhr, sollte er auf den Tag so alt werden, wie einst der Opa, am 14. Dezember ausliefe. Doch noch ist er da, und stand unter einem Schirm am Henkel vom Fritz-Werner.

*väterlicher Freund Buzens

Mings mittlerweile 82-jähriger Ex-Schwiegervater Rudi B. sagte auf leicht alzheimerliche Art „Mach´s gut!" und dies zur Begrüßung!

Montag, 7. Dezember

am Vormittag ziemlich sonnig –
reizvoller Nachmittag

Erhoben um 5
Am Vormittag war unser Flügel von zwei pummeligen jungen Männern zurückgebracht worden, und an die Pedale, die dann noch nachgeliefert wurden, hatte ich überhaupt nicht gedacht.
„Das hätte man dann spätestens gemerkt, wenn man am Klavier Gas geben will!" sagte ich den beiden Herren auf die weltfremde Art eines naiven Hascherls.

Ich rechnete rum, wie das wohl mit der Reise nach Bayern werden solle?
Ob ich wohl bei den Gaßmanns in Worpswede übernachten könne? – Doch zuvor, auf dem Weg nach Worpswede, könnte ich doch eigentlich auch die Großmanns in Ostgroßefehn besuchen, und bei *denen* übernachten?
Ich stellte mir ein Telefonat mit Großmanns vor:
„Ich habe ein Attentat auf Sie vor!" sage ich auf Buzesart.
Mutti Großmann, die mich verehrt, als sei ich eine geigende Lady Di, ist total aus dem Häuschen, wenn sie hört, daß ich sie besuchen will. Doch leider ist ihre Tochter mit den beiden Kindern da, und Mutti Großmann muß sich irgendetwas einfallen lassen, um die ganz schnell wieder loszuwerden.

Ming und ich wanderten zum Kokelorum, und ich referierte über Gretels Bruder Manfred, und sein Dauerbeleidigtsein, und wie er Gretels zur Versöhnung ausgestreckte Hand nur halbherzig ergriffen habe, da er lieber in seiner Verstimmung verharrt wäre.
Ming wußte zu berichten, daß Tamme Bockelmann (der Klavierstimmer) auch so sei: Ist er erst verstimmt, so dauert es Jahre, bis er wieder gestimmt ist, und ich hätte mich so sehr dafür interessiert, wie wohl das Ende seiner Verstimmung aussähe? Doch niemand kann zu diesem Thema genaueres beitragen.

Dann sprachen wir über Alzheimer, und frugen uns, wie es sich wohl anfühlen mag, mit dieser Diagnose behaftet aus der Praxis nach Hause zu laufen?

Es fühlt sich womöglich an, als habe jemand ein Ei auf seinem Kopfe aufgehauen, und glibbrig kalt rinnt alles über die Frisur hinweg, an den Schläfen und den Hals hinab in den Pullover.

Wir liefen am Kanal vorbei, und als Ming die Frage aufwarf, ob Enten wohl auch Alzheimer bekommen können, lachte eine Ente laut und belustigt über diese weltfremde Frage.

Die Hundeköttel, die als Fußfallen am Wegesrand liegen, nannte ich humorvoll: „Würstel im Gras".

Dienstag, 8. Dezember

Vormittags nieselnd grau. Nachmittags hauchig.
Himmel rosa und mattblau vernebelt

Erhoben um 5
Der Tone kam vom Zahnarzt, wo ihm derzeit Implantate eingearbeitet werden, und das Rattern bzw. die Geräusche die dabei entstehen, seien <u>unerträglich</u>.
Nun war er schon mal da, und heute wurden wir als Frühstücksgäste bei der Gretel erwartet.

Wir einigten uns darauf, daß Ming und ich zuerst zur Gretel gehen, und der Tone dann als „Briefträger" verkleidet, nachkäme.

Doch die Gretel erkannte den Tone sofort und war begeistert!

Wie schon erwartet, war es für die Gretel, die in der Küche den Tisch liebevoll für drei gedeckt hatte, unerhört aufregend einen Adeligen zu Gast zu haben.

Gestern hatte sie als Mitglied einer Hobbykochtruppe ein spanisches Weihnachtsmenü mitgekocht, und das Programm des Abends lag säuberlich ausgedruckt und weihnachtlich eingefasst auf einem Stuhl.

Da muß ja reichlich Alkohol geflossen sein, denn die Gretel schaute leider ganz verquollen aus!

Ming später hinter vorgehaltener Hand: „Die schaute ja entsetzlich aus!" so daß die Gretel in dieser Hinsicht heut nicht zu beneiden war.

Wir sprachen über die freistehende Wohnung von Frau Rautenberg.

Zöge ich dort hin, so wäre ich ja noch weiter von Bayern entfernt, und dann könnte ich zum Spaß mit Ming einen Nachbarschaftskrieg anzetteln.

Nachmittags:

Im Carolinenhof hätte ich mir fast einen Zwergläptop gekauft, doch die Verkäuferin war mir nicht kompetent genug. Wie eine dumme Musik-

schülerin stand sie nach Art eines Sackes ohne Muskeltonus neben mir und ließ sich ausquetschen, wobei sie als Verkäuferin, von der doch Kompetenz und Verkaufsbegeisterung erwartet wird, gar keine Hilfestellung leistete.
„Muß man sich den Läptop selber einrichten?"
„Wie??? – einrichten??? Da steijht doch alles!" deutete sie auf einen Zettel, wo auf Computerlatein allerlei draufgeschrieben war.

Mittwoch, 9. Dezember
Aurich – Grebenstein

dezemberlich trübe

Als ich in der Küche ein Wasser hob, *er*hob sich wiederum Ming. D.h. Ming heizte sich im Bett noch nach, und kantete sich noch mehr seiner bezaubernden A-Seite zu.
„Erinnerst du dich noch daran, wie wir in Japan immer zu zweit in der Badewanne saßen?" frug er warm.

Ming am Tisch erzählte so lustig.
„Die Anneliese ist irgendwie eine entsetzliche Frau geworden!" sinnierte er, und ich stellte mir vor, wie

gerade in diesem Moment die Anneliese in Voralberg sagt: „Der Iwan ist irgendwie ein entsetzlicher Mann geworden!" Manchmal ist er das ja auch, aber heute war Ming so süß, und ich stellte fest, daß man die Leute beim Abschied wirklich viel mehr liebt, als sonst.

Zurück zur Anneliese: Sie sei wie eine Diva, delegiere ständig herum, und alles drehe sich nur um *ihr* Leben! Zu ihren unerzogenen Kindern sagt sie allerdings nie etwas Strenges. Die Kinder seien überhaupt nicht süß, sondern nur lästig.

Der Hansjörg habe immer an Mings Rucksack gezogen, und als Ming ihn bat, mit diesem Unfug aufzuhören, hat er es trotzdem weiterbetrieben, so daß Ming ihm eine lange ← nein, stimmt nicht. Doch dies hätte er mal tun sollen!

Ich imitierte auf schwäbisch, wie die Anneliese aufschäumen würde, wenn er ihre Kinder haut.

An der Pennerwiese begegnete ich meinen Freunden, den Bischoffs, auf Rädern. Wir plauderten ein bißchen herum, und ich bog immer mit großem Sinn für Gerechtigkeit meinen Kopf hin und her, um meinen Blick mal auf dem Gesicht des Herrn, und dann wiederum auf jenem der Dame ruhen zu lassen. Herrn Bischoffs Parfüm stieg mir in die Nase, und dann wandte ich meinen Blick wieder <u>Frau</u> Bischoff zu, die sich mit einem bunten Schal eingemurmelt hatte, und für die ich stellvertretend dachte, daß ich meinen Blick soeben eine Spur zu lange auf ihrem immer noch gutaussehenden Mann hab lasten lassen.

Am Nachmittag tat ich so, als würde ich meinem Naturell diametral entgegenlaufend, ohne großes Federlesen das Haus verlassen, um die Reise Richtung Ofenbach anzutreten. Ich verabschiedete Ming mit einer kleinen flüchtigen Grußgeste, so als tippe ich mir an den Hut, und verschwand. Doch ich fuhr nur zur Frau Münch.
Diese Fahrt durch Sprühregen nutzte ich allerdings dazu, mein Gehirn darauf abzuwälzen, was ich wohl vergessen haben könnte, und gleich das Allerwichtigste hatte ich vergessen: meine Geige.
Frau Münch war daheim. Man sah sie von hinten an ihrem Fenster sitzen.
All die warmen, freundlichen Worte, die doch die einsame Frau Münch so nötig hätte, bekam das Hunderl ab. „Du süßer, kleiner Schatz!" sagte ich, und in der Küche frug ich:
„Frau Münch, finden Sie es unverschämt, daß ich ihren Hund einfach duze?"
„Ja, das ist immerhin eine Dame im gesetzten Alter!" sagte Frau Münch in ihrem trockenen, aber herzlichen Humore.
Der Hund richtete seine Nase auf mich, und schaute mich zwiefach ganz entgeistert an.

Donnerstag, 10. Dezember
Grebenstein

Regen

Eine Tartüff-Geschichte aus Frankreich:
Die reichste Frau Frankreichs, eine medienscheue, 10-Milliarden schwere 85-jährige – die Schirmherrin von L´Oreal, ließ sich ein einziges Mal im Leben zu einem Interview weichklopfen, und war fortan nach Art von Frau Lüders vernarrt in den Fotografen, den sie bald darauf begann, mit Geschenken zu bombardieren. Im Laufe der Jahre wurden es Geschenke im Wert von einer Milliarde €, und jetzt will sich der listige Fotograf von der alten Dame auch noch adoptieren lassen!
Das will aber ihre Tochter verhindern, und die alte Frau redet mit ihrer Tochter kein Wort mehr.

Durch den Regen laufend, dachte ich mich wieder in die kleine Schnecke hinein, die vom Mombachparkplatz über den Weihnachtsmarkt bis zur Sushibar gelangen möchte.
Ich stellte mir einen spitzen Herrenschuh im Regen vor. Der Herr sieht, daß die kleine Schnecke irgendwo hinstrebt – die Zeit zwickend im Nacken (eine RTL-Stimme: "Wird die kleine Schnecke den Weihnachtsmarkt bis zum 24. Dezember erreicht

haben?") und nur mühsam vorankommend. Davon kickt der Herr sie ein bißchen vor sich her, und die Schnecke ist ihm auch sehr dankbar, wenn sie sich auch von der Wucht der Bekickungen etwas zusammengerollt hat.

Freitag, 11. Dezember
Grebenstein

hellgrau

Besuch bei Wyssens:
Nächstes Jahr im Dezember gibt´s bei denen ein Feiermarathon ohne Beispiel:
am 6. ist Nikolaus, am 9. Dezember wird Mutti Renate 70, und am 30. ist Goldene Hochzeit. Dazwischen liegt Weihnachten, so daß es sich eigentlich gar nicht lohnt, mit der Feierei überhaupt innezuhalten.
Omi Renate fütterte ihrem süßen kleinen Enkelchen ein Spinatgericht, das auch mir angeboten wurde.
„Sie könnt´ geradezu baden im Spinat!" hieß es über das fröhliche kleine Kind, das immer lustig ist. Vor dem letzten Bissen schüttelte es allerdings sein quadratisches Köpfle wild und ungestüm, weil es genug hatte, und da brachte ich auch gleich die

Anekdote vom Prof. Hamann an, der zwei Töne vor Schluß einer Darbietung ausgerufen habe: „Danke, dies genügt uns!"

„Dann bist du also mit 20 in den heiligen Stand der Ehe eingetreten!" griff ich vorangegangene Worte auf. „Haben dir die Eltern nicht dringend abgeraten?"

„Nö!"

„Oder warense am Ende gar froh?"

Doch nach so vielen Jahren weiß man nicht mehr mit Bestimmtheit zu sagen, wie die Eltern Stäblein auf diesen juvenilen Unfug reagiert haben.

Jetzt – fast 49 Jahre später - entbrannte ein leichter Zwist zwischen den Eheparteien, und es ging im Grunde um eine Banalität: nämlich, daß das Gesicht des Würms nach der Fütterung so spinatbesudelt war.

Wenn die kleine Unstimmigkeit auch sehr verhalten ausgetragen wurde, so sind meine Antennen für dererlei doch sehr gespitzt.

„Als du so klein warst, sahst du unter Garantie auch so aus, wenn du Spinat gegessen hast!" sagte die Renate, und über das sonst so sonnige Gesicht vom Opa Jünther huschte ein Schatten der Verärgerung.

„Bloß nicht immer diese Diskussionen!" sagte er, und verschwand im Klo um seiner Verärgerung Herr zu werden.

Zuvor hatte er aber noch einen Witz losgelassen, der von mir sehr belacht worden war.
„Das Tollste ist ja dem Heesters passiert!"
„Jetzt kommt ´n Klöpper!" „warnte" Omi Renate, da ja der Jünther ständig seine Witzchen reist, weil dies ein Teil seiner Persönlichkeit ist.
„Klingelt´s bei denen an der Tür. Draussen steht der Tod. Der Heesters ruft nach hinten: „Simone! Für Dihich!"
Und ich lachte laut und blökend über diesen Witz.

Samstag, 12. Dezember
Grebenstein – Dietenheim – Landshut

zart verschneit und sehr weihnachtlich reizvoll

Erhoben um 3:45
Ich sitze soeben müd und fröstelnd, und doch froh über die Wärme, auf einer Holzbank in der schummrig beleuchteten kleinen Kirche von Dietenheim, einem Ort, in welchen ich bereits um 4 Uhr in der Frühe aufgebrochen war:
Mühelos beugte ich mich dem Weckerschrill, und begann, so wie ein Buddhist, der um 4 Uhr unverzüglich loszumeditieren hat, mit dem Zusammenpacken.

Illerieden – die erste Stadt im angrenzenden Bayern – in einem kleinen Internet-Café:
Ich schöpfte vier Mails aus dem Wörld weitem Web, und besonders gerührt hat mich der Brief vom Onkel Dö mit dem Subjekt: „Adventswunsch". „Franziskalein, liebes!" schrieb der Onkel in der Rückblicksphase ganz ungewohnt schmuserig, und wünschte sich, daß wir mal wieder skypen.

Pfarrer Varga lud mich in sein Haus ein, das gemütlich, jedoch sehr vollgepfercht ist. Später kam mir die Ehefrau dieses Herrn auf den ersten Blick so bekannt vor. Eine Frau mit vielen spitzen Winkeln im Gesicht, die ausschaute, als müsse sie „Eszther" heißen, doch es handelte sich nur um eine ganz normale Schwäbin namens Brigitte, und tatsächlich stellte sich heraus, daß sie mal in Trossingen ihre Dirigierprüfung abgelegt hat, wo ich ja immer im Orchester mitspielte.

Sonntag, 13. Dezember
Landshut

zart verschneit, und vorweihnachtlich reizvoll

_____

Vorwissen für den Tag:
Familie Moser in Landshut:
Vater Berti* 1956 Gymnasiallehrer
Mutti Nelly *1959 Kirchenmusikerin
3 Kinder: Veronika, Aloysia und Lothar

„Gestern" stieg ich so quasi wie eine Verdurstende in das von der Nelly so liebevoll bezogene blassgrüne Bettgehäuse in Aloysias Zimmer. Verdurstend deshalb, weil ich mich nach meinem Früherhöbnis so nach der Süße des Schlafes gesehnt hab.

Durchs Fenster sah man einen winterlich eingemurmelten schlanken Herrn von hinten, der sich auf ein Radl schwang, und sich, eine dünne Spur im Schnee hinterlassend, vom Hause entfernte. Später erfuhr ich dann, daß Vati Berti extra wegen mir, zum Brötchenkauf das Haus verlassen hatte.
Zum Frühstück bekam auch ich als Gast einen Teil der Zeitung, und fand die Überschriften alle so packend, daß ich gar nicht wußte, wo loslesen?

Ständig gab ich irgendwelche Kommentare ab, bis ich mich plötzlich so schwatzhaft dünkte. Da hörte ich mit dem Kommentieren wieder auf, doch kaum hat man aufgehört, da kühlt die Aura auch sofort aus, und ich bedünkte mich als so quälend einsilbig und geistlos! (Ein Gefühl, wie bei der Autoheizung, wenn der Leser versteht? Kaum ist sie zu heiß, und man schaltet sie ab, da kühlt´s schon wieder rapide aus). Vielleicht war der Berti, grad wie ich, von einem Gefühl der Vorverlegenheit erfasst? Als reifer Herr mit einer reifen Frau zu frühstücken, da ja die Nelly, die normalerweise als Verlegenheitspuffer wirkt, heut im Gottesdienst orgeln mußte.

Dann geriet ich überraschenderweise doch wieder in Plauderschwung: Ich erzählte von der Schafsmilch im Kaffee im Wiener Zoo, und von Ferdels Frau Rosa, die ihrer Erleuchtung entgegenarbeitet.

Der Orangenhonig auf dem dunklen Brötchen schmeckte sagenhaft, und ich erfuhr, daß der vorausblickende Berti bzgl. seiner beiden potenziellen Schwiegersöhne Joseph und Ali je in Sorge ist. Der Ali ist Palästinenser, und die Aloysia - so wie einst das junge Beätchen in ihren Ric - wahrscheinlich bis zum Wahn in ihn verknallt? Deutsch spricht er schlecht, und der Erfahrene weiß: „HERR, das Ding tut nicht gut!"

Der Joseph ist erst 22, und hat in seinem kurzen Leben nichts anderes betrieben, als Basketball zu spielen, und auch hier weiß der Erfahrene, daß man

doch wohl nicht sein ganzes Leben lang nur Basketball spielen kann?!
Von was will er denn leben?!?
Doch dem stillen, bescheidenen Berti liegt nichts ferner, als mit seinen Töchtern einen Streit zu beginnen, und so sitzt man symbolisch gesehen mit gebundenen Händen auf der Eckbank und sieht das Unheil kommen.
Später erfuhr ich von der Nelly, daß der 22-jährige Joseph immer ganz wenig reden würde, und wenn er denn mal was sagt, so versteht man ihn kaum, weil er immer so nuschelt, und immer sehr verlegen ist.

Pfarrer M. als Liebhaber edlen Violinspiels, hat seine drei Söhne alle nach großen Geigern benannt: Jascha, David und Nathan, und außerdem hat er ein bißchen die Neigung, viel zu dicht an einen heranzutreten: Man schaut auf seine geraden, nichtsdestotrotz etwas vereinzelt herumstehende Zähne drauf, da die Zwischenräume, wie auf einer leicht verunglückten Zeichnung je eine Spur zu groß sind.

Abends wirkte die Nelly niedergeschlagen und leicht gefrustet. Sohn Lothar saß am Läptop, hielt dabei allerdings immer sehr nett ein Ohr auf uns Damen, und die Nelly hob ganz viel Wein, und aß dazu Schupfnudeln mit Sauerkraut, dieweil sie eben gefrustet war, und ich erfuhr, daß sie von zwei Damen aus der Gemeinde gemobbt wird.

Eine Einladung zum Orgelkonzert, die sie verschickt hat, war zurückgekommen, und darunter stand in breitplätschrigen Lettern „D, C, B oder A?* mit frdl. Grüßen Angelika L.F.", und dabei ist diese Frau doch die Patentante vom Lothar, die dieser jetzt als junger Erwachsener ganz entsetzlich findet!

kleine boshafte Anspielung auf die zu erwartende Qualität des Orgelkonzertes, da Orgler entweder einen A,B,C oder D-Schein haben – und den D-Schein, der erst später im Rahmen der Gleichstellung für Behinderte erfunden wurde, bekommt man schon für´s simple Tastendrücken!

Marianne L., die andere Dame, sei immer sehr negativ und kritisch.

Der Berti im Nebenzimmer verlor sich zu diesen Erörterungen in Mitternachtsklängen auf dem Piano. Später, als sich die Herren schon ins Bett retiriert hatten, spürte man Nellys Neigung, die Nacht zum Tage zu machen, indem sie keinerlei Bettgangsstimmung ausströmte, und erst jetzt richtig munter wurde.

Montag, 14. Dezember
Landshut

bleich, hauchig und leicht verschneit

Ausschlafen darf man hier ohne Ende, und am Morgen wütete alsbald die Klavierstunde los, zu welcher die Nelly als Lehrerin sich heut bereits um Neune aus dem Bett hat quälen müssen. Von der Ferne hörte es sich an, als würde jemand seinen ausgestreckten Zeigefinger aus der Höhe ganz hart auf die Taste fallen lassen.
Über Frau Dietrich, die Klavierschülerin heißt's, sie wäre gegenwärtig leicht vom Pech verfolgt. Unlängst erlitt ihr Mann einen Erstickungsanfall, und vor Aufregung konnte sie die ganze Nacht nicht schlafen.

Beim Frühstück erfuhr ich, daß die Nelly aus Angst vor'm Dickwerden gar nicht frühstückt.
Bloß vereinzelte Obstteile zuweilen.
Dann wurde sie schon bald vom aufschrillenden Telefon hinweggesogen und mußte sich als Kirchbesucherseelsorgerin betätigen:
Eine alte Frau hatte gestern eine CD gekauft, doch da war ja das spanische Werk gar nicht drauf, weswegen die alte Dame doch so tief in ihr welkes

Börsl gegriffen hatte, so daß sie jetzt ganz fassungslos war.

Um ihr über die Fassungslosigkeit hinwegzuhelfen, gab ihr die Nelly die Telefonnummer vom Kirchenmusikdirektor Hans-Ewald R., und vielleicht zeigt er ein Herz, erbarmt sich, und schickt der alten Dame eine CD mit dem Gewünschten?

Mittags setzte ich mich zur Nelly und ihrem würzigen Süppchen, und fand´s köstlich.

Ich empfand´s als Gnade, durch die Freundlichkeit Anderer ein so schönes Süppchen (mit Griesklößchen) vorgesetzt zu bekommen, und löffelte es mit entsprechenden, fast feierlichen Gefühlen.

Die Nelly mit 52 Jahren steht nun leider an der Schwelle zu den Wechseljahren: Sie fröstelt leicht, doch schafft sie Abhilfe, so wird ihr rasch heiß.

Als sie noch von der Fröstelei berichtete, wollte ich grad anregen, Onkel Dölein in Florida zu besuchen, doch dort würde ihr wahrscheinlich rasch zu heiß, auch wenn´s den Onkel vielleicht freute, einen Besuch aus Bayern zu haben. Eine Dame, die hinzu sehr gut kocht, und immer freundlich ist?

Ich erzählte ein bißchen von Onkel Dö, schaffte es aber nicht, ihn als Persönlichkeit richtig herauszuarbeiten.

Jener Mensch, der durch meine Erzählung in meinen Sinnen vor Nellys geistigem Auge aufleuchtete, war ein fremder Mann – leider!

Doch es ist ziemlich schwierig.
Onkel Dölein angemessen zu beschreiben, käme der Beschreibung der Stimme von Montserrat Caballé gleich, über welche Placido Domingo wiederum einmal gesagt habe, sie (die Stimme) zu beschreiben wäre so komplikatessgespickt, als wolle man ein Bild von Rembrandt beschreiben.

Die Nelly erzählte mir von einer Klavierschülerin, 8 oder 9 Jahre alt, die so anstrengend sei! Neulich ließ die Nelly sie etwas singen, und da sagte die Kleine naseweis: „Ist das nun eine Gesang- oder eine Klavierstunde - hm??"

Ich wäre so gerne jetzt, wo man noch ein bißl was vom Tage hatte, auf den Weihnachtsmarkt gegangen, doch es hieß, um ¼ vor 4 wäre die Schule aus, und tatsächlich kam der Berti 5 Minuten später brav an den heimischen Herd zurück, und hatte sich seinen Feierabend redlich verdient. Er heizte den Kamin ein und setzte sich schließlich mit bloßen Füßen in den blauen Sorgenstuhl davor. Es gab Kaffee und Tortenstücke, und ich erzählte denen daß ich noch zwei sehr gute Freundinnen aus dem „Holze" von der Nelly hätte: Die eine heißt Marianne (und dies, wo doch die Marianne L. so blöd sei!) „Wir nennen sie allerdings „Nanni"", sagte ich in der Art, wie man etwas Bedeutsames erklärt, und sie sei Bäuerin von Beruf.

Die andere sei Augenärztin in Baden-Baden und hieße so wie ich: nämlich „Franziska" (natürlich).

Dienstag, 15. Dezember
Landshut

bleich verschneit. Minus 4 C°.
Abends schneite es ein wenig nach,
und mein zugezuckertes Auto
schaute leider nicht so besonders einladend aus

Die Nelly hatte die Küche so schön aufgeräumt, und einige weiße Zettel mit Plänen vollgeschrieben. Später erhaschte ich einen Blick auf einen mit dem Titel „Aloysia", und darunter waren die Geschenkideen aufgelistet, die zur Aloysia passen könnten, wie z.B. ein warmes Schafsfell und ein mp3-Player.

Heute Abend sollte die Weihnachtsfeier zu Ehren des Jahrgangs 1949 abgehalten werden (für die junggebliebenen 60-jährigen), und Pfarrer M., der große Delegator, hatte der Nelly eine richtiggehende Hausübung aufgebrummt: Sie sollte vor den Feiernden dran ein Referat über „stille Nacht, heilige

Nacht" halten, und das interessiert die doch überhaupt nicht!
Die wollen nur feiern, sich vollaufen lassen und Gaudi haben – mehr nicht!
Doch die Nelly nahm die ihr zugewiesene Aufgabe ernst und vertiefte sich in das zur Verfügung gestellte Material, während der Faden meiner Untüchtigkeit länger und länger wurde, und sich quer über den Vormittag hinweg in die Mittagsstunden hineinspannte.

In einen Karton hatte die Nelly die abgehalfterten Bücher hineingelegt, die gelesen und für fad befunden worden waren.
Ein Autor hatte die Nelly mit seinem Buch über Don Giovanni so gefesselt, und sein nächstes Buch über Goethe, auf das sie sich erfreut draufgestürzt hatte, fand sie wiederum leider ganz öd!

Ich erfuhr, daß der Berti, der kurz nach Weihnachten auch noch Geburtstag hat, sehr schwer zu bescheren sei.
Es fällt einem nichts ein, was man ihm schenken könne, da er ein so genügsamer Mensch sei, der nichts bräuche.
Morgens, so erfuhr ich, steht er immer sofort auf, um dem Schlaf keine Gelegenheit zu geben, ihn wieder einzuwickeln, und abends liest er als

Lesemuffel auch kein Buch, sondern schaltet abrupt das Licht aus, und schläft augenblicklich los.

Der feierliche Abend im Gemeindehaus begann.
Nelly und ich spielten vor einem Grüppchen frischgebackener 60-jähriger, für welches man zwei Stuhlreihen aufgestellt hatte, so daß es wirkte, als spiele man vor ausverkauftem Hause.
Pfarrer M. hatte denen eine Überraschung versprochen, und die Überraschung waren wir als Interpreten!
Die fröhlichen Jungsenioren leuchteten alle so bezaubernd vor Freude, als sie uns Musikanten gewahrten, und die Nelly erklärte denen die Werke, die gleich zu hören sein würden: Nämlich zunächst die Leclair-Sonate.
Dann hielt sie das Referat über „stille Nacht, heilige Nacht", man sang ein Lied, und Pfarrer M. neben mir sang zwar aus voller Brust heraus, allerdings so „stehend" (Ton für Ton) und hinzu leicht röhrend mit eierndem Vibrato.
Zum Schluß spielten wir noch die Sonatine in g-moll von Franz Schubert, und genau zwischen den beiden letzten Sätzen tönten 4 Minuten lang die Kirchenglocken.
Man lachte, und wir hielten so lange still.
Hernach gab es ein geselliges und unerhört gemütliches Beisammensitzen mit Gutsles und Glühwein.

Pfarrer M. sagte zu mir: „Ist so ein Stuhl in Ordnung für Sie?" Doch ein charmanter, freundlicher Herr in einem roten Pullover schnellte aus seinem Sessel empor und rief so freundlich: „Frau König, ich biete Ihnen meinen gewärmten Sessel an!"
Unglücklicherweise geriet bei dieser schwungvollen Halbdrehung seine weiße, mit dunkelrotem Glühwein befüllte Kirchentasse ins Kippen und verspritzte das klebrige Getränk.

Wie in einer Schulklasse frug Pfarrer M.:
"Wer von Euch war schon in Aurich?"
Drei bis vier Eifrige meldeten sich stolz, und durften erzählen…
Eine Dame erzählte einen guten Witz:
"Was haben die Ostfriesen mit den Franzosen gemein? Fraternitee, Egalitee und lieber Tee!"
Hahahaha! Man lachte dröhnend und erheitert!

Die Nelly erzählte mir, daß sie den Berti damals zwar schon aus Liebe geheiratet, allerdings vergessen habe zu bedenken, daß sie so wenig Gemeinsamkeiten hätten – nämlich praktisch gar keine.
Und doch ist einem nach all den Jahren klar: Der Berti ist mit Gold nicht aufzuwiegen.
Dem Berti sagte ich: „Ich hab schon gehört, daß Du so schwer zu bescheren bist! Ich könnte Dir allerdings einen Roman schreiben: „Der Genügsame"".

„Aber du bist ja leider keine Leseratte!" fügte ich schnell hinzu.
„Na, dös würdi dann scho lesen!" sagte der Berti so rührend.

Mittwoch, 16. Dezember
Landshut – Ofenbach

mit einer dünnen Schneedecke bedeckt –
hi und da Feuchtgeschniesl

Hier in Landshut sind die Zeiten für mich etwas nach Hinten verschoben. D.h. man erhebt sich spät, die Mahlzeiten werden zu einer späteren Stunde eingenommen, und Mutti Nelly wird um die Mitternachtsstund herum von leichten Daltonsyndrom*sanwandlungen erfasst, indem ihr immer noch mehr einfällt, was zu tun sei.
*benannt nach einem Herrn namens Dalton, dem bei jeder Tätigkeit zwei Neue einfielen, die sich davor zu schieben drohten....

Früher hab ich morgens immer so tolle Träume vorzuweisen gehabt. Nun aber melkt man am Erinnerungseuter herum, doch die Traumerinnerungszitzen sind schlapp und welk geworden.

Zum Frühstück erzähle ich, wie mein chinesischer Freund Xie mal fast Professor in Sezuan geworden wäre. So fast, daß meine reisefreudige Mama schon Reisepläne schmiedete, um ihn dort zu besuchen. Doch dann gab Xie kleinlaut zu, daß er erst nächste Woche vorhabe, den Lebenslauf für die Bewerbung zu tippen.
Später wanderte Xie dann tatsächlich noch nach Sezuan aus. Allerdings nicht um Professor zu werden, sondern um ein bayrisches Bierbaisl zu eröffnen. Seine Frau kommt zwar aus Thüringen, doch für das ungeübte chinesische Auge schaut sie aus wie eine bayrische Frau, und als sie dann auch noch in ein Dirndl gezwängt, und an den Zapfhahn gestellt worden war, da war die Täuschung perfekt, und die verliebte Frau zapfte das Bier auch ohne zu mullen und zu knullen.

Dann erzähle ich von meiner geliebten Tante Irma, die mit 59 Jahren Witwe wurde. Und so allein, von ihrer ehelichen Hälfte entblößt, mochte sie nicht in den Urlaub fahren und auch nirgends hingehen.
Die Ratschläge aus ihrer Umgebung taten ihr weh:
„Kopf hoch! Das Leben geht weiter!" bekam sie beispielsweise oft zu hören, und hinzu von Leuten, die ihr Leid gar nicht nachempfinden konnten.
Nur ich riet, immer so zu tun, als sei der Onkel Otto doch noch da, und wenn man die Augen unscharf

stellte, dann sah man ihn tatsächlich zuweilen im Lehnstuhl sitzen.

In Österreich probierte ich jede Raststätte einzeln aus. Man ist zwar geneigt, zu denken: „Die sind ja alle gleich!" Doch das Personal ist ein anderes, und für mich ist es immer interessant zu schauen, ob die wohl nett sind?

Abends in Ofenbach:
Buz wurde lebhaft, als er mir erzählte, daß die Isabella seine beste Schülerin sei. Am Freitag und am Montag muß Buz je eine große Tasche mit nach Wien nehmen, da man mit sooo vielen Geschenken der dankbaren Asiaten rechnet, von denen Buz wie ein Heiliger verehrt wird.

Donnerstag, 17. Dezember
Ofenbach

zarte Schneeschicht. Reizvolle Himmelsbeleuchtung
und rosa getönte Wölkchen

Kurz nach 9 Uhr weckte mich das süßeste Rehlein so sagenhaft nett.

In Mings verwaistem Ashram richtete ich mir ein Üb-Eck ein. Es war sehr kalt, und zunächst war meine E-Saite in die Tiefe gesurrt. Beim Versuch, sie wieder in die Höh´ hinaufzuzwirbeln sah man schon, wie sich der Wirbel ungeniert wieder in die Tiefe bewegte, und die bezupfte Saite tönte wie ein Erhu.

Rehlein hatte Buzen am Kachelofen eine neue Frisur geschert, doch dummerweise hatte Rehlein nicht bedacht, daß die Schneidemaschine mit einer neuen Rasierklinge bestückt war, und jetzt hatte sie Buzen ein viel zu üppiges Dreieck aus seinen Nackenhaaren herausgeschnitten, so daß Buz von hinten ausschaute wie Balduin Bählamm aus der fesselnden Wilhelm-Busch-Geschichte, oder auch ein Konzertpianisten-Vogel aus dem Vogelpark in Walsrode.

Beim Mittagessen erzählte Rehlein von dem unverschämten Pianisten, der mal zu Ming gesagt hat: „Never ever again!", und dabei habe Ming - so Rehlein - das was zu sagen war, so nett gesagt!
Doch Ming passierte dererlei schon als Kleinkind: Einmal wurde er von einem Affen angepinkelt, und dann warf ihm ein anderer Affe ein hartes Stück Brot ins Gesicht, so daß Ming laut weinte.
„Ein <u>guter</u> Mensch!" sagte Rehlein so nett und gleichsam fassungslos über die Geschehnisse, die seinen Lebensweg säumen, über Ming, und von diesen Geschichten liebte ich Ming unglaublich.

In Norddeutschland sei nun doch noch ein handfester Winter ausgebrochen. Es schneit vom Himmel, und nach 31 unweißen Weihnächten stehen die Chancen für eine weiße Weihnacht in Aurich heuer nicht schlecht.

Freitag, 18. Dezember
Ofenbach

dünne Schneedecke.
Allerdings jetzt, wo es dunkel ist, minus 9 C°!

Rehlein erzählte plastisch vom Franz, der einfach eine Skype-Ikone auf Rehleins Computer draufgesetzt hat, um seine kleine Tochter Julia jede Woche oder vielleicht auch jeden Tag (?) von Buzen via Skype hochqualifiziert unterweisen zu lassen (unterweisen ohne zu überweisen?? – da skypen ja kostenlos sei?) (Buzeslogik)
Da allerdings wurde Rehlein laut und heftig, weil es doch ihr Haus ist, und außerdem möchte Rehlein an ihren Computer, wenn sie will!

Onkel Dölein möchte Rehlein zu Weihnachten einen Drucker und einen Scänner schenken, und drohte schelmisch damit, das Geld im Falle von Rehleins

Widersetzung der Kirche zu vermachen. Dadurch stand´s kurz auf der Kippe, ob ich wohl mit Rehleins Drucker zum Media-Market führe, um von fachlicher Zunge zu erfahren, ob es sich noch auszahle, neue Patronen zu kaufen?

Wir kamen drauf, daß man viel zu viel habe, und in unserem Alter doch allmählich damit anfangen sollte, seinen Besitz zu reduzieren?

Mittags briet mir Rehlein ein tiefgekühltes Seelachsgratin.
Ich fand´s köstlich, auch wenn das Schicksal des Fisches im Grunde unfassbar ist.
Jetzt wo er dampfend vor einem lag, konnte man sich gar nicht mehr vorstellen, daß dieser arme Fisch einmal tiefgekühlt gewesen sein soll?

Rehlein erzählte mir von der Mitschka und ihrer einst beginnenden Demenz, und später, als wir bei Sonnenschein, jedoch in harrscher Kälte, je mit einem Schistöckerl behaftet über das Feld zu Billa marschierten, erzählte mir Rehlein weiter von der Familie Schütz, während ich mir überlegte, daß dies doch Stoff für einen Epos berge.
Ich freute mich, daß Rehlein schneller ist als ich, doch es handelte sich um eine Freude mit ärgerlichem Kern, da Rehlein mir nämlich davonlief.

Samstag, 19. Dezember
Ofenbach

Es schneite,
und der Schneepegel wuchs so etwa 4 – 6 cm. Kalt

Es schneite unablässig – zwar noch kleinflöckig – und doch lag da schon ein dichtgewobener Schneeteppich vor dem Hause.
So behaglich man noch, die Kaffeetasse henkelnd, zu Tische saß, so sehr lag's aber auch schon in der Luft, daß die Biofrau Monika Jasansky, und hernach der Supermarkt aufzusuchen sei.

Buz hielt Rehlein eine Rede, die Rehlein als rührend empfand: Rehlein hatte nämlich über den Klimagipfel gesprochen, bzw. sich auf ihre leidenschaftliche Art Luft über die Politiker gemacht, und der süße Buz riet, auch einen Teil der Zeit darauf zu verwenden, zu malen, und davon wurde Rehleins künstlerischer Eifer wieder geschürt.

Ich stieg in Nellys Strumpfhosen, um mich gegen die mörderische Kälte zu stemmen, und richtete mein Augenmerk darauf, endlich im Auto zu sitzen und loszufahren, denn mit meiner Losfuhr wäre ein erster echter Spatenstich in Richtung dieser nützlichen Tätigkeitserfüllung getätigt.

Im Supermarkt quälte mich der Gedanke, daß ich nachher womöglich die Frau Jasansky nicht mehr finde, und beim hirnlosen Herumgestocher nach ihrem Heim, im Schnee stecken bleibe?
Das Auto mußte nochmals beschabt werden, und eine Ja- Orange aus dem Eimer rollte mir unter mein Auto. Einen Ausgleich gab´s hindess fast sofort, da ich nämlich an anderer Stelle eine andere Orange fand, die einem anderen Autofahrer hinweggerollt war.

Daheim war Buz von Rehlein zum Schneeschippen abkommandiert worden, und schippte emsig herum. Das süßeste Rehlein freute sich so, daß ich die Einkäufe getätigt hatte, und Rehlein selber hatte im Garten heut schon einen Salto geschlagen, indem sie nämlich über eine Baumwurz gestolpert war. Am Knie befand sich nun eine unschöne Blessur, und da es Rehleins Schicksalsschiene zu sein scheint, ins Schleudern zu geraten, riet ich, eine Schleuderversicherung abzuschließen.

Buz frug mich vom Musikzimmer aus, ob ich mir wohl seine guten Lehren gemerkt habe?
Er färbte seine Worte so ein, daß es sich anfühlte, als schwänge er das Schmetterlingsnetz nach mir, als einem violinpädagogisch zu beharkenden Leckerbissen aus, während ich doch gerade eine Müh´ damit hatte, ins Rad der Tüchtigkeiten zu steigen.

Sonntag, 20. Dezember
Ofenbach

Schneebedeckt und sonnenbeschienen

Buz saß im Sorgenstuhl und „schaute" Radio, aus welchem eine kabarettistische Sendung quoll, indem er den Blick interessiert auf das Radiogerät drauf heftete. Ich strich Buzen über seine frischgeschorene Frisur – grad so, wie einst der Führer über den Kopf der kleinen Friedelind strich.
Jetzt hatte ich schon die ganze Zeit nicht gelacht, doch gegen Schluß der Sendung kam dann doch etwas Lustiges, worüber man mit etwas Herzenswärme durchaus in ein kurzes, wieherndes und fröhliches Gelächter ausbrechen konnte.
(Leider vergessen was?)

Wir sprachen über den ältesten Baum der Welt, und ich wiederum wirbelte die Frage auf, ob Buz dafür, daß er 9550 Jahre lebe, es auch auf sich nehmen tät, dafür angewurzelt zu sein? Doch Buz tut es nicht.

Wieder lag der Tag sonnig, mit einer zarten Schneedecke bedeckt, zum Anknabbern vor mir.
Ich erzählte Rehlein, daß ich mir immer vornehme, so zu werden, wie der Opa Wolfgang.

Doch dann wiederum denke ich einen Gedanken, den der Opa Wolfgang in seinem ganzen Leben garantiert noch nie gedacht hat: „Es reicht doch wohl, wenn ich in 10 Minuten damit anfange (so zu werden wie er…)"

Schon schlug die Uhr drei.
Die Stunde war bereits angebissen, und Rehlein beharrte darauf, daß ich hinaus an die frische Luft müsse. Ich stieg in Nellys kältedämmende Blickdichtstrumpfhosen, und lief unverzüglich los. Alle 5 Minuten stoppte ich ab, ob ich wohl schon umkehren dürfe, doch mit diesem System wäre ich wohl in finsterste Nacht hineingeraten, und womöglich nun doch in der Packschneedecke die unseren Landstrich überzogen hielt, erfroren.
Ich hätte mir weiß Gott was ausdenken können, doch ich dachte nicht viel, sondern schaute immer bloß, wie weit ich nach 5 Min. wohl schon gediehen war.
Mir schien´s so, als verliefen die Minütchen unerhört langsam, und ich entferne mich meilenweit und unaufhaltsam von Zuhause hinfort.
Schon nach 20 Minuten hatte ich das Gefühl, seit Stunden aushäusig zu sein.
Dann dachte ich mir aus, *wie der Jorberg jeden Nachmittag eine Oper im Radio hört. Er wünscht sich, daß die Veronika sich zu ihm setzen möge, da er den Kunstgenuss mit ihr teilen möchte.*

Findet die Veronika Ausreden, so reagiert er immer ganz verständnislos, daß jemand so unkultiviert sein kann, und hinterlässt die Veronika in einer einengenden Kruste aus einem blöden Gefühl, das sich auch durch saloppe Gedanken nicht hinwegstreifen lässt.

Auf dem Heimweg sah ich drei Rehlein, die bei meinem Anblick allerdings sofort hinwegschnellten, da die mich nicht kennenlernen wollten.

Montag, 21. Dezember

Schneedecke – unauffällig milde

Ich bebabbelte Rehlein mit allerlei Psychologaten, z.B. auch über Friedels Ex-Stiefschwiegermutter, die Halbchinesin Elaine, die gar nicht schlecht gewesen sei. Sie sei sogar, so ich, ein bißl so wie Rehlein selber. Die Bösen meinen, daß sie sich viel zu sehr in das Leben anderer einmische, und die Guten sehen in ihr einen echten und stabilen Halt im Leben, und eine weise Ratgeberin. Mir ging´s primär darum, daß Rehlein lerne, daß so manch´ inneres Bildnis, das man vielleicht mit sich herumträgt, ein Trugbild ist.

Jeden Tag kauft Rehlein bei Billa für zirka 33 € ein, und auf zwei Sackerl verteilt tragen wir alles heim, und das süßeste aller Rehleins achtet immer so rührend, wie es nur eine Mutter kann darauf, daß es mir nicht zu schwer wird.
Auf dem Heimweg erzählte Rehlein, wie begeistert sie damals in Spanien war, und am liebsten eine Oper komponiert hätte, um ihrer Begeisterung ein Gewand zu verleihen.
Ich erzählte Rehlein, daß viele Österreicher etwas verunsichert „saan", wenn Rehlein schriftdeutsch spricht, denn für die österreichischen Ohren höre es sich an, als spräche Rehlein mit gespitzten Lippen. Die Österreicher macht´s dann in ihrem eigenen Lande verlegen den Mund aufzumachen, da ja nur simples Buschösterreichisch herauszutönen droht, das sich mit Rehleins vornehmen Worten nur schwer in Einklang bringen lässt.

Onkel Dölein hatte geschrieben, daß er Rehlein eine Knetmaschine zu Weihnachten schenkt.

Dienstag, 22. Dezember

Schnee.
Allerdings warm, und größtenteils schöner Sonnenschein

Bereits um 8 Uhr 59 weckte mich das süßeste Rehlein, während ich noch gänzlich kraftlos unter der Urbettdecke lag.
Das Wetter schlug Kapriolen:
Nach der irkutzkartigen Kälte hatte es sich nunmehr auf plus 5 C° erwärmt, und es taute und tröpfelte was das Zeug hielt.
Rehlein gab mir lauter Wetterweisheiten mit auf den Erhebungsweg: z.B., daß man sich jetzt noch wärmer ankleiden müsse, und wachgerüttelt durch diese Worte stopfte ich mich in den dicken, blauen Wollpullover von der Debbie, für dessen Drinstak ich später Komplimente von Rehlein einheimste.
Rehlein war allerdings, bedingt durch den Wetterumschwung etwas nervös gestimmt, und kommentierte all meine Handgriffe in der Küche mit stirnrunzelndem Beiklang.

Wr. Neustadt:
Ich liebte Rehlein unglaublich.
Rehlein wies mir einen Parkplatz in der Nähe jener großen Kirche, wo mal unser Nachbar „Schneckerl"

auf seinem Saxophon gespielt, bzw. „gspüüüit" hat. Doch leider war Rehlein sehr nervös, und nun agierte ihr ein hagerer junger Mann am Kartenautomat viel zu langsam, so daß Rehlein einen konsterniert fragend und schnalzigen Ausdruck annahm, und kurz davor stand, den Herrn vielleicht unwirsch zur Rede zu stellen?

„Brauchen Sie noch lange?" (Nicht ohne Unterton.)
Doch dazu kam´s nimmer.
Rehlein lotste mich in den Druckershop, für welchen sie sogar eine Vorteilskart´ besitzt.
„So dünn ist mein Roman ja gar nicht!" sagte ich freudig, nachdem alle Seiten ausgedruckt waren.
„Du wiederholst dich" sagte Rehlein häßlich, so daß mich ein ernüchternder Hauch bewehte.
Den jungen Mann dort fand ich so muffig und spröd, zirka 34 Jahre jung, schwarzes Haar, saure Ausstrahlung, Hornbrille.

Buchhandlung Thalia:
Ich war nicht fündig geworden…
Ich war nicht mal ein bißchen fündig geworden, und bewegte mich lustlos, wie in Zeitlupe durch den stark frequentierten Shop, wo ich mich gänzlich fremd fühlte.
Mehr noch: Ich fühlte mich so, als sei Rehlein längst gestorben, und ich würde mir, um meine Einsamkeit niederzukämpfen nur *einreden,* daß Rehlein gleich nach mir suche.

Das Buch „Atemschaukel" - im Bestsellerregal ausgelegt - war an einer Stelle ein wenig eingerupft, und jetzt las ich wieder auf der ersten Seite rum, die ich ja bei Vielen so madig gemacht habe. Doch diesmal hatte ich hormonellgesehen eine andere Brille auf, las es mit anderen Augen und fand es genial, oder zumindest grenzgenial, so daß ich direkt ein Lampenfieber verspürte, Rehlein täte es lesen und würde ihr Unverständnis über mein vorschnelles Urteil kundtun.

Ich stand an der Schiebetür, durch die auch mal ein junger Mann im Rollstuhl hereinrollte. Den hatte ich vorhin schon gesehen, als ich lustlos am Kartenständer vor dem Shoppe stand, und einfach eine andere, fremde Frau für mich drehen ließ, - so sehr war meine innere Batterie verloschen.

Stellvertretend für den armen Herrn im Rollstuhl machte ich mir Gedanken, wie man sich wohl damit abfinden solle, vom Schicksal derart benachteiligt zu sein?

Daheim war Buz einem Singvogel nicht unähnelnd, emsig am Üben, und das wo wir ihn doch der Fernseherei verdächtigt hatten.

Abends rollte das Rad der Tüchtigkeiten dann doch noch mit mir obendrauf durch´s Leben.

Beim Üben war ich ein bißchen traurig, daß sich ein Vorspiel bei Buzen für mich immer so anfühlt wie ein Arztbesuch. Nackt und bloß sondert man seine Künste ab, bloß daß gewogen und eruiert wird, was ganz Scheiße ist, und wie dem wohl beizukommen sei?

Nach einem dreistündigen Geübe machte ich dann Feierabend, weil ich Angst hatte, Rehlein als Zubettgehende könne mir für den heutigen Tag durch die Lappen gehen.
Doch es wäre gar nicht nötig gewesen.
In „arte" hatte der schöne Film über Margarete Steiff angehoben, und da konnten die gefühlvollen Erwachsenen nicht wegsehen.
Hernach schüttete Buz unter krachenden Geräuschen die Rummikubsteine auf dem Tische aus.

Die Uhrzeit rückte vor…Rehlein sprach davon, daß sie vorhin so müd gewesen sei, doch jetzt sei sie gar nicht mehr müd!
Buz sagte nach Art vom 5-jährigen Yüsslein: „Dann kannst du ja noch ein Rummikub mit mir spielen!"

Die Gretel hatte so nett geschrieben.
„Das war aber wirklich nett von der Gretel, uns so nett geschrieben zu haben!" rief ich mehrfach aus.

Mittwoch, 23. Dezember

zunächst Sonnenschein.
Der Schnee schmolz
und verschwand schließlich zur Gänze.
Nachmittags eine angenehme zartbräunliche Herbe

Traum:
Rehlein war so tief in ihre Rille geraten, und die Rille muß man sich jetzt so quasi durch´s Mikroskop betrachtet vorstellen, wie eine tiefe Schneise in Beton, und doch ganz schmal und einzwickend, so daß ein Mensch gerademal hineinpasst. Und in diese Rille war Rehlein nun hineingeraten, tief, bis über die Ohren, und daraus konnte Rehlein sich aus eigenen Kräften natürlich nicht mehr befreien.

Die weiße Weihnacht werden wir nun wohl knicken können, denn schon in der Nacht kehrte eine Warmfront aus Afrika, oder sogar Hawaii ein, und ich als Erwachte entwarf Ideen, was man der Gretel wohl schreiben könne, die doch so gehofft hatte, das weiße Tuch, das sich zur Freude vieler Weihnachtsromantiker über Aurich gelegt hatte, möge die Festtage über liegen bleiben!

Ich wrang sieben Orangen aus, und Buz im Nebenzimmer spielte wieder so munter auf seiner Violine, als sei´s ein kleiner Singvogel.

Beim Frühstück erzählte ich, daß man Rehlein einen Mann wie den Opa Wolfgang hätte wünschen mögen, doch Rehlein glaubt es kaum, denn einen, der ihr sagt: „Erika, würdest du bitte das Gebet sprechen?!" würde Rehlein nicht haben wollen. Ich aber kramte alle Vorteile hervor, die ein Tischgebet so birgt, und streute sie in die Morgendiskussion hinein.

Mittags verschwand Buz zu einem Spaziergang und kehrte nicht wieder, so daß Rehlein in ihrem Weihnachtsbrief theoretisch würde schreiben können: "Am Tag vor Heilig Abend kehrte mein Mann von einem Spaziergang nicht wieder zurück. Von ihm fehlt bis zum heutigen Tage jede Spur."
Dann kam er aber doch.

Auf dem Teewägelchen lag eine Weihnachtskarte von der Anneliese – mit lauter kleinen Fotos der Kinder, die von Ming ja leider nicht süß gefunden werden.
Rehlein kann die harsche Einstellung Mings allerdings nicht nachvollziehen, und berichtete, wie sie die kleine Familie mal im Zoo getroffen habe: Der kleine Paul ging verloren, und die umsichtige Anneliese bewahrte die Nerven, schickte den Johannes links, und den Hansjörg rechts aus, um den Entschwundenen zu suchen, und dann fanden die

beiden Buben den Abtrünnigen auch bald, machten aber keinen großen Aufstand drum.

Na, diese Geschichte hätte man doch wohl wirklich etwas interessanter fortsetzen können?

Leider fand man nur noch das Häslein und die Schühchen vom kleinen Paul im Nilpferdgehege – ein Nilpferd schmatze genüsslich, und daß dieses Nilpferd auch Paul heißt, sei der Kuriosität halber vermerkt.

Einmal stürmte Rehlein so gutgelaunt das Ashram, weil Onkel Dölein uns eine Skype-Avangs gemacht hat.

Bald darauf skypten wir als Familie mit unserem geliebten Oheim in Übersee.

Onkel Dölein saß im warmen Tageslicht in der Wohnung seiner Tochter Julie.

Debbie und Julie waren beim shoppen, und einmal kläfften die beiden kleinen Hündchen geradezu bedrohlich auf. Es klang, als würden sie den Onkel, der kurz hinweggeeilt war zerfleischen, und Rehlein dachte in Friesenlogik, das Unheil könne man verhindern, wenn man den Apparat abdrehe?

Ich zu Buzen, als dieser „die SoKo" schaute: „Ich hab grad versucht, ganz toll zu spielen – ist mir aber nicht geglückt!"

Doch Buz hörte nicht hin.

Buz schmökerte am Abend noch heimlich in dem Buch von Paula Grogger – ähnelnd einem Kinde, das vorzeitig in ein Weihnachtsgeschenk hineinlugt.
„Du darfst das nicht lesen!" sagte ich.
„Was ich lesen darf bestimme ich, und ich bin hier schließlich der Vater!" argumentierte Buz.
„Wir leben hier in einem Matriarchat und nicht in einem Patriarchat!" erinnerte ich.
Würde man Buzen allerdings ein Testosteronplästerle kaufen und auf den Po kleben, so würde er sich augenblicklich in einen Patriarchen verwandeln – so, wie der Jorberg einer ist.

Donnerstag, 24. Dezember

Wunderschön und warm.
Amerikanisches Oktoberwetter

Zum Frühstück freuten wir uns über einen großen Schwapp an Weihnachtspost.
Folgende Freunde hatten uns geschrieben:
Mutti Himstedt, Veronika, der Gernot, - und sogar dessen Frau Heidi, die ja zumindest bei uns Damen sonst eher zurückhaltend und fränkisch-hölzern rüberkam, hatte Rehlein einen langen, aussagekräftigen und humorigen Früchtebrotbrief ge-

schrieben, und nicht genug damit: Auch ein kleines Tannenbäumchen gefaltet und beigelegt!

Ich verlas den schönen Brief von Omi Himstedt, und genoss es, Buz und Rehlein vorzuführen, wie sich die Omi mit ihren 85 Jahren noch immer im Vollbesitz ihrer geistigen Kräfte befindet.

Wir erfuhren, daß der Jorberg in eine Regentonne gefallen sei, und die daraus resultierende Blessur im Krankenhaus genäht werden mußte, und Omi Himstedt stöhnte brieflich, daß sie es kommen sähe, daß aus seinem geplanten Weihnachtsbesuch bei seinem Herrn Sohn im Bayrischen Wald wohl doch nichts würde.

Man sieht´s kommen: An Heilig Abend sitzt die Veronika in Manolzweiler fest, und pflegt den blessierten Junggreisen!

Ich erzählte meinen Eltern vom Wolfhard, dem 86-jährigen Neuen an der Seite von der Franziska Himstedt – und das ist´s ja grad, was den Jorberg so fuchst! Daß sich die Franziska einen Greisen halten darf, und die Veronika nicht!

Wo bleibt denn da bittschön die Logik?!?

Der 86-jährige Wolfhard sei körperlich noch gut in Schuß, tut so als sei er jung, und kurvt mit dem Auto herum.

Er sei nur ein klein wenig umständlich.

Am heutigen Heilig Abend lag kein bißchen Schnee mehr, und draussen war es schön und warm wie an einem Oktobertag in Amerika.

Einmal kam uns die Lindner Christa mit ihrer blauen Strickhaube auf dem Haupt besuchen, die sie auch während des gesamten Besuchs obibehielt, so daß man sie nur noch an ihrem spitzen Näschen erkennen konnte.

Sie sprach ein Schleswig-Holsteiner-Platt mit Gewohnheits-Niederösterreichisch gemischt – so, wie wahrscheinlich die Dame Gerswind dereinst im Alter reden wird?

Unseren Papa busselte sie nach Art einer Schwiegermutter ab, und Buz ließ die Busselage wie ein Bub über sich ergehen, um sich sodann an den Kachelofen zu lehnen, und hi und da ein fröhliches „Höhö!" zu den lebhaften Plaudereien der Damen von sich zu geben.

Man plante ein zwangloses Zusammensitzen übermorgen, und Rehlein wirkte ein bißchen so, als sei´s ihr nicht so recht, daß auch die Isabella mitkommt, und streute Bedenken ein: „Was ist mit den Hunden?"

„Die furzen!" sagte Rehlein vertraulich und nett, und Buz am Kachelofen machte wieder „Höhö", während mir die Idee kam, der Isabella zu Weihnachten für ihre beiden Hunde zwei Furzfilter zu schenken?

Manchmal kommt es mir vor, als sei mein Buch bereits ein Bestseller:
Wir schwämmen im Gelde, und ich stelle Überlegungen an, was mit diesem Geld wohl anzufangen wäre:
Als Erstes bekommt Rehlein einen Arbeitselefanten, nahm ich mir vor, und sah ihn schön geschmückt bereits vor mir. Er hilft Rehlein dabei, die Spülmaschine einzuräumen, beim Staubsaugen und beim Holzschleppen. Am Anfang rast Rehlein noch oft panikiert hin, um den kleinen Elefanten vor Blödsinn zu bewahren. Doch der Elefant auf seine feinfühlige Art hat noch nie etwas zerdeppert, und ist auch noch nie in etwas hineingedappt, so daß man ihm mit der Zeit Vertrauen schenken darf.
Auch als Wecker kann man ihn einsetzen, und abends deckt er Rehlein zu.
Nur Eines kann man ihm nicht abgewöhnen: Seinen Mitmenschen Sand auf´s Haupt zu pusten. Doch das ist nett gemeint – eine freundliche Aufmerksamkeit in Elefantenkreisen.
Im Jahr darauf schaffen wir uns dann noch eine Kuh an.

Als es dunkel war, wurde zur Teestunde getrommelt. Es gab Rehleins köstlichen Butterstollen, und im Fernsehen wurde Mozarts Zauberflöte geboten.
Buz fand die Story albern, doch als er dies grad kundtat, verkirnte er sich bös, so daß nicht viel gefehlt hätte, und Rehlein hätte in ihrem nächsten Rundbrief zur Bestürzung aller schreiben müssen:

„An Heilig Abend verkirnte sich mein Mann bös und starb."
Doch Buz überlebte die Tragödie.

Ein so schönes Christfest!
Wir als dreiköpfige Familie kamen ziemlich rasch zur Sache, indem wir nur kurz sangen, und uns dann an unseren Geschenken ergötzten.

Freitag, 25. Dezember

zunächst trüb.
Dann setzte ein lauter und prasselnder Regen ein, der abends auch wieder etwas abebbte.
Es wird wieder kühler!

Rehlein war nett gestimmt, wenn auch etwas in Aufruhr, da sie den heutigen Tag als Generalprobe dessen sah, daß morgen Gäste erwartet werden, denen man nach georgischer Sitte so viel vorsetzen möchte, daß sich der Tisch unter der Last der Speisen biegt.

Beim Frühstück sprachen wir über die bösen Menschen in Shanghai: In der Post beispielsweise müssen immer ein paar bewaffnete Ordnungshüter

stehen, da sich Viele nicht einfach brav anstellen, wie´s löblich wäre, sondern dreist nach vorne drängeln.
Buz wiederum berichtete gerührt, wie nett die Leute in Sheng-Yang waren.

Dann sprachen wir über Alphatiere.
Rehlein brachte ein paar unpassende Beispiele, indem sie „Alphatiere" im Bekanntenkreis von Andi & Hagi schilderte. Doch Rehlein scheint das Wesen des Alphatieres gar nicht verstanden zu haben, denn in ihren Schilderungen handelte es sich schlicht um unverschämte Menschen, die sich mit dem Ellbogen durchboxen, und keinesfalls um Alphamänner, die ja als voll erblüte biologische Volltreffer anzusehen sind.

Telefonat mit Ming:
Ich erfuhr, daß der Papst gestern von einer sehr sportlichen, braunhaarigen Dame attackiert wurde.
Behende wie ein Reh hüpfte sie über eine Absperrung und zupfte den Papst an seinem blütenweißen Ärmel – ein paar Kardinäle eilten herbei, und einer brach sich in seinem Eifer gar ein Bein!
Ich beschrieb Ming Hartls Pferdestall, der von meinem Fenster aus so bezaubernd ausschaute wie ein Gehöft im Spielzeugmuseum.

Dann sprach ich mit Ming noch über den Arbeitselefanten für Rehlein.

„An Weihnachten kann man ihn sogar schmücken!" schürte ich Begeisterung für ein völlig weltfremdes Vorhaben, das durch diese Worte jedoch an Kontur gewann.

Ming glaubt allerdings, daß der Arbeitselefant durch keine Türe passt.

Zur Mittagsstund´ schauten wir einen Film über angehende Violinisten:
Schüler des berühmten Professors Sachar Bron.
In den seltsam schwer und lastend wirkenden Zimmern der Kölner Musikhochschule - in regengetrübter Stimmung, wie sie auch bei uns soeben herrschte, und wo man schon Mittags die Neonröhren anknipsen mußte, - saß der Professor inmitten dreier musikalischer Setzlinge.
Einem streberhaften jungen Mann, der jeden Tag 6 Stunden lang Violine übt, einem kleinen Kind aus der Schweiz, das auch nicht besser spielt als die kleine Rosalie, und dem 16-jährigen Fedor, dessen geplanter Sieg bei einem Wettbewerb an den Künsten eines 11-jährigen Japaners „zerschellte".
Der Fedor sagte: „In meinem Alter fasziniert man niemanden mehr!"
Einmal habe er in Erfurt das Bruch-Konzert gespielt, und hernach kritisierte ihn seine Mutter augenblicklich.

„Das schien heute nicht dein Tag?!" sagte sie.

Überall diese regenschwere Stimmung: Sogar beim Violinwettbewerb von Odessa, der von einer Maria-Kim-Variante gewonnen wurde, die dafür 20 000 € zum freien Verjubeln bekam.

Sachar Bron saß allerdings auch hier wie selbstverständlich in der Jury, hinter seinem Fähnchen.

Einmal sah man ihn während der Violinstunde ein kleines Mittagsessen aus einem Warmhalteböxle verspeisen, und die Bösen unter uns denken:

„Der ißt sogar während der Geigenstunde! So wenig Respekt bringt er seinen Schülern entgegen?"

während die Netten wie ich, liebevoll denken:

„So ein fleißiger Mann! Immer am Unterrichten! Sogar während des Mittagessens!"

Sehr nett hat heute der Onkel Hambum geschrieben, und wir liebten ihn dafür.

Zum Schluß kam noch das traditionelle Familienfoto von unserer Freundin Conny Schwarzenberg mit ihren vier kleinen Kindern, die alle so süß und possierlich in die Kamera lachen.

Samstag, 26. Dezember

wunderschön

Das süßeste Rehlein war schon auf den Beinen, und stak sehr im Stresse, da es ja galt, ihre Planungen in die Tat umzusetzen.

Ich bei all meinen Haushaltstätigkeiten, stellte mir vor, der Arbeitselefant zu sein, den ich Rehlein in Aussicht gestellt habe, und *wo Rehlein wirklich verblüfft ist:*
Nicht genug damit, daß er die menschliche Sprache versteht, und sich immer alles merkt – er agiert hinzu vorausschauend und geradezu künstlerisch wie einst der Diener Wang aus der Geschichte von Kurt Kusenberg!

Überpünktlich erschienen die Damen, und Buz sprudelte los wie ein angestochenes Fässlein. Ohne Rücksicht auf Frau & Tochter griff er mit beiden Händen tief in die Anekdötchentruhe und holte nur sattsam Bekanntes daraus hervor.
Die Rosi, das eine Hündchen von der Isabella, mußte im Sommer im Alter von 17 Jahren leider eingeschläfert werden, dieweil es völlig verkalkt, immer nur noch das Selbe bellte, und vom Tode vergessen schien.
Rehlein hatte somit eine Tote ausgeladen.

Und das andere Hündchen hatte die Isabella schlicht daheim gelassen.
Bald schon waren die Gäste satt, und Rehlein hätte noch so viele kulinarische Pläne mit denen gehabt.
Doch die Christa mußte noch mit ihrem Pferd „longieren", was bedeutet, daß das Pferd im Kreise rennt, während die Christa ein Seil dazu festhält.

Sonntag, 27. Dezember

hellgrau - herbe

Im Traume war völlig überraschend ein Brief vom Uschilein (der bösen Exfrau vom Onkel Eberhard) gekommen.
Das Uschilein schrieb auf einem schönen knusprig-braunen Briefpapier mit einem zackig bunten Rand, zu welchem auch ein passendes Kuvert gehörte, solcherart wie man sich vielleicht in den 80er Jahren geschrieben hat, und schickte 3 CD´s von Gunnar Harms mit!
Das Uschilein schrieb:
„Klanglich hat er mich zunächst nicht so überzeugt, aber inzwischen bin ich fasziniert!" so daß man sich frug, ob das wohl der Neue an ihrer Seite sei?
Ansonsten handelte es sich um einen typischen Uschilein-Brief mit kleinen Spitzen und hohndurchwobenen Aussagen.

Über den Czárdás von Monti sagte ich despektierlich, daß er so einfach sei, daß sogar Buz ihn lernen könne. Spielte Buz ihn beim nächsten Eröffnungskonzert, so denken die Ostfriesen womöglich, dies sei das schwierigste Werk das je geschrieben worden ist?

Besuch bei der Irene:
Die Irene erzählte, wie ihre schwäbische Oma ihr Nachhilfestunden in Englisch gab, und alle naslang ärgerlich aufschäumte.
„Du Krott!" habe sie verärgert gesagt. (Du Kröte).

Der Hartl hat seinen Pferden liebevoll ein kleines Christbäumle in den Stall gestellt, auf daß die Pferde ein Ergötzen haben.

Abends skypten wir mit Onkel Dölein, der bei der Julie in New York zu Gast war. Buz zeigte sich auch und sagte immer so goldig: „Haha!" und „Hahahaha!" da einem auf die Schnelle oft gar nichts einfällt, was man dem Onkel so erzählen könnte.
Nostalgisch wies ich darauf hin, daß der Opa jetzt auch ö Freud´ g´habt hätt.
„Ach das Dölein. Schau an!" hätte er erfreut gesagt.

Dölein erzählte von Weihnachten:
Er schenkt immer allen Geld, und davon kaufen sie ihm Geschenke, die er gar nicht haben möchte.

Montag, 28. Dezember

schöner Sonnenschein

Ich fabulierte rum, *wie der Lang-Lang* mit Yu-chia Wang* verpaart werden sollte.*
Vater Lang hat den Pianisten-Weibchen-Transport veranlasst, und die Yu-Chia wird klavierübend in einem großen Käfig geliefert, denn Vater Wang, mit dem verhandelt worden war, hatte zur Bedingung gemacht, daß die Yu-Chia ihre Klavierstudien davon nicht unterbrechen müsse.
*2 chinesische Spitzenpianisten, die derzeit in aller Munde sind

Ich las Rehlein vor, was heut vor 3 Jahren geschah. Damals las ich vor, was heut vor 10 Jahren geschah, und der Staub von 10 Jahren (an diesem Tag), sei so leicht gewesen, daß man ihn mit einer Hand entfernen konnte, doch der Staub der vergangenen 3 Jahre wiederum sei schwer wie ein Wackerstein ← behauptete ich einfach um des Behaupten willens!

*An dieser Stelle will zwecks besseren Verständnis´ Folgendes eingeflochten sein:

Dezember 2006:
Ein Herr namens Brandlhofer, von Rehlein angemietet um einen Ast, der ungeschickt in den

Garten hereinragte, abzusägen, sägte stattdessen einfach den ganzen hinzugehörigen Baum im Nachbarsgarten ab, so daß der Nachbar, dem der Baum drumherum gehört(e) ein Geschrei gemacht hat, wie´s nur ein depperter Wiener hinbekommt!

Und der Brandlhofer, wenn er denn damals in den Häfn gewandert wäre, wär mittlerweile wieder in Freiheit, und ich malte uns genußvoll seine Entlassung aus, die ich einfach eigenmächtig auf den heutigen Tag terminierte:

Jetzt hat er sich an´s Knastleben gewöhnt, und heut wär´s sogar besonders gemütlich gewesen, denn die barmherzigen Schwestern von der St. Theresia haben den armen Häftlingen Gutsles und Stollen gebacken – doch bevor man an der feierlichen Stunde partizipieren kann, kommt ein Wärter und sagt:

„Brandlhofer! Heut um 18 Uhr werdns entloussn! Ihre Zääit is um!" und der Brandlhofer muß in die kalte Nacht hinaus entweichen.

Heim zur sauren Miene seiner desillusionierten Ehefrau.

Dienstag, 29. Dezember

hellgrau – roströtlich herbe. Kälter

Ich genoss das Frühstück mit den Erwachsenen: Die großformatigen Tööster, das Schnitzbrot – das Ducken vor dem realen Leben in einem Wännchen an Behagen. Buz hatte sich ein kleines Witzbüchlein gegriffen, und fuhr, einem Burschen gleich, hi und da einfach mit einem lachend vorgetragenen köstlichen Witz in die Unterhaltungen von uns Damen hinein.

Rehlein band mir eine Schürze um, die mir leicht den Hals abschnürte, und wies mich ein wenig in die Künste des Schuhewichsens ein, indem ich mit dem Bürstle die Lehmkrusten hinwegwichsen sollte.
Doch die Arbeit erfüllte mich gleich mit leichter Mürrischkeit:
Man wichst auf dem Schuh herum und nichts geschieht.

Nach einer Weile saugte ich die Stube, und auch diese Arbeit liegt mir nicht so sehr. Als ich mir dann aber vorstellte, ich sei der Opa Wolfgang, da machte es plötzlich doch Spaß, und ich impfte mich dabei gegen den Ärger über die Belehrungen, die auf mich

hätten einprasseln <u>können</u>, indem ich ständig Dinge der folgenden Art von mir gab:
„Da hasch du noch net gründlich g´saugt, Agnes! Da unde isch noch alles voll mit Staub! Also dös isch eine Sau-er-ei!!"

Ich beplabberte Rehlein in der Küche damit, wie Margaretes Eltern streng drauf schauten, daß sich die Margarete nur pädagogisch wertvolle Filme ansah, und kluge Bücher las.
Etwas, was die Margarete in der Erinnerung mit Ingrimm erfüllt, so daß sie es heut bei ihren Kindern grad anders herum betreibt.
Die Margarete heißt es gut, wenn die Kinder im Fernsehen dummes Zeug anschauen und Comics lesen.
Ich machte vor, wie die Omi Agnes reagieren *könnte*, wenn sie eins ihrer Enkel oder die Margarete selber bei seichter Lektüre erwischt:
„So einen <u>Scheiß</u> liesch Du??? Damit würd ich nicht einmal den Ofen einheizen! Dös wär mir für meinen Ofen zu schad!" oder:
„Ha, dös isch doch Übersetzungsliteratur!!! – Wer weiß, wie gut des übersetzt isch – zeig mal her!"

Buz und ich liefen spazieren, und einmal fühlte es sich an, als wären wir, so wie einst Rotkäppchen, vom rechten Wege abgekommen.

Buz erzählte stolz, wie er mal für die frischgebackene Cembaloprofessorin Marijke Spaans, den Taxischofför hat machen dürfen. Er befand sich am Bahnhof Trossingen, und dem Bähnle entstieg eine lattenlange, einzelne Person, die sich suchend umsah...

Wir schauten „Wie Honza beinahe König geworden wäre", und hi und da erinnerte mich der Honza mit seiner Schlagersängerfrisur an den jungen Buz, als dieser eines Tages in die große weite Welt geschickt wurde, weil´s „an der Zeit war".
Ich sah Buzen vor mir, *wie er einen Grebensteiner Grashügel bezwang und dabei ungeschickt stolperte, und wie ihm dann das Käserad, das ihm seine Mutti als Startkapital für ein neues Kapitel seines Lebens mitgegeben hat, einfach ins Tal hinabrollte.*

„Ich bräuchte einen Mann wie den Opa Wolfgang, der mir meine Pfade erhellt und mir den rechten Weg weist!" sagte ich am Abend, denn der Opa Wolfgang ist praktisch immer in meinen Gedanken und hat sich in einen Heiligen verwandelt.

Mittwoch, 30. Dezember

Vormittags mattgreller Sonnenschein, dann weißwölkig rostrot. (Mir angenehm)

Über meinen gestern lose gefassten Vorsatz, mich ab sofort früher zu erheben, kann man leider nur hohnlachen.

Der Franz aus Taiwan rief an, um frohe Neujahrswünsche zu übermitteln, und bannte seinen Guru Buz längere Zeit an den heißen Draht.
Später befrug Rehlein Buzen über das absolvierte Telefonat, und tat dies nach Art einer Omi, die ihren verstockten Enkel nach seinen Erlebnissen in der Schule befrägt, („Komm, erzähl mal!") und dabei hatte Buz von diesem Telefonat keinerlei Mitteilungsschwung mitgebracht, und reagierte eher fahrig auf Rehleins emsige Nachhakeleien.

Ich hatte wieder Mühe, auf´s Rad der Tüchtigkeiten aufzuspringen, und hoffte sehr, in nicht allzu ferner Zukunft so zu werden, wie der Opa Wolfgang.

Spaziergang mit Rehlein am Hauerweg:
Wir kamen an jenem Hause vorbei, wo man immer von einem Hund bebellt wird.

Der Hund hatte seine entrüstet und fragend bebende Nase aus zwei Holzlatten herausgesteckt – und es sah köstlich aus!

Zum Mittagessen gab´s gebogene kleine Nüdelchen, deren Enden mich an Tapirrüssel erinnerten, Blaukraut und Gemüse.

Wegen ihrem süßen Foto hatte Rehlein plötzlich doch ein Interesse dran, ein Facebookmitglied zu werden, und kaum hatte Rehlein die Pforte durchschritten, da brütete Facebook bereits emsig an Freundschaftsvorschlägen für Rehlein herum, und sogar Ming & ich schienen denen einen Vorschlag wert.

Unser Freund Christoph Dostal kam zu Besuch:
Rehlein hatte lauter Leckerli herbeigeholt, den Tisch damit adventlich bebeigt und Kerzen aufgestellt, so daß die Adventsstimmung nun wirklich perfekt war.
Ich stellte mir vor, wie die einsame Lindner Christa durch´s Fenster schaut und sieht, daß wir schon einen anderen Gast haben.
Traurig läuft die Einsame in die Nacht zurück.

Buz wollte uns „das Grimmigtor" weiter vorlesen, doch da ging die Skypesirene los:
Onkel Dölein, diesmal aus Florida!

Und mir kam´s direkt so vor, als habe der Onkel Wortfindungsstörungen, und würde alt, dieweil alles so verzögert rüberkam.

Ohne fühlbare Wellenlänge, die sich ja nur über den Geruchssinn ausbreitet, blieben meine Unterhaltungsdocs auch weitestgehend zugeschweißt, und ich saß bloß an Rehlein drangeschmiegt da und lächelte dümmlich.

Donnerstag, 31. Dezember

klar, mild und freundlich

Täglich habe ich das Gleiche an: Meinen dunkelblauen Murmelpulli. Und meine Frisur verliert von Tag zu Tag ein Quentchen mehr an Volumen und Schick, da ich mich nicht dazu aufraffen kann, mein Haupthaar wieder aufzubrezeln.

Beim Frühstück befand sich Buz in intellektuellem Kielwasser, mit dem zu überzeugen ist.

Buz sprach von Julia Kim, die von Allem gänzlich unbeleckt sei, doch woher will er das denn wissen?

„Der geschichtliche Hintergrund fehlt völlig!" meinte Buz leicht überheblich, doch der fehlt ja auch bei mir, und weiß Buz denn irgendwas über die Schlacht von Hyun-Na-Choi 1711?

Ich schrieb Ming eine E-Mail, und über Buzens frostkalte Hand, die er mir nach seinem Spaziergang einfach in den Nacken legte, schrieb ich: „Ist das nicht unverschehmt?"
Ich schrieb´s in Anlehnung an jenen Roman, über den ich in meinem Leben am meisten gelacht habe: Ming´s Roman über Alexander Neumann, geschrieben als Ming 9 Jahre alt war.
Nicht auszudenken, wenn man diesen Roman zwecks Korrekturlesen zum Roberting* nach Hamburg geschickt hätte. Er hätte das homerische Gelächter, das hinter den Buchstaben auf den Lesenden wartet, einfach hinweggefegt.
*Bruder von Walter Kempowski, den man immer gerne als Lektor einsetzte

Über den neuen Geistlichen von Lanzenkirchen, einen Herrn aus Namibia, sagte ich heut: „Für ihn ist Lanzenkirchen nur ein Sprungbrett in den Vatikan!"
da es ja heißt, der nächste, spätestens aber übernächste Papst solle ein Mohr sein.
In der Ausschreibung stünde sogar, daß Mohren im Falle gleicher Qualifikation bevorzugt würden.

Ich dachte an Uschileins Entgleisungen an Silvester vor 31 Jahren zurück.

„Um Mitternacht hatten wir uns wieder versöhnt!" erinnerte ich mich, doch es handelte sich nur um eine „trojanische Versöhnung" (in ein falsches Versöhnungslächeln eingekapselt, nimmt man den unlöschbaren Groll über die Jahresschwelle mit), und beim Zuprosten habe Rehlein das Uschilein bös angeschaut.
Am nächsten Tag wunk uns das Uschilein herzlich aus dem Fenster nach, doch es sollte der letzte Anblick geblieben sein….

Ich erzählte Rehlein, daß ich mein Weltbild ganz und gar geändert hätte, aber eigentlich hätte ich es ja nur ein bißchen ändern müssen, da´s vorher eh gut war.

Das Jahr sickerte aus.
Beim Abendessen sagte ich:
„Heute gehen wir mal früh zu Bett!" und fing mir dabei einen „verwunderten" Blick Buzens ein.

Personenverzeichnis:

Anna, Frau von meinem Vetter Friedel *1964

Albrecht, Leibarzt in Aurich

Andi, Onkel mütterlicherseits. Wohnhaft in Brandenburg *1949

Baier, Thomas und Maria, Verkäuferehepaar im Bioladen Aurich

Baumfalks, geliebte Freunde in Aurich. Bestehend aus Vati Heiko *1961, Mutti Moni*1964 und den Kindern Isabella *1992 und Johannes*1993

Beate, *1943 Tante in Amerika, in zweiter Ehe verheiratet mit Jesse *1946, 3 Kinder: Linda *1973, Jennilein *1975 und Rifaat *1978

Böhmert, Erwin, Weltverbesserer und Jünger vom Opa (Geburtsdatum unbekannt).

Buz, *1938 unser geliebter Vater. Geiger

Christina, *1959 Freundin aus Dürrwangen im Schwabenland

Christoph, Ex von meiner Freundin Christina (Geburtsjahr unbekannt)

Claudius, *2000 Söhnchen von meiner Freundin Christina

Dölein, *1936. Onkel in den USA.
Verheiratet mit Deborah (Debbi)*1953
5 Kinder aus zwei Ehen.
Dodi*1966, Chris*1968, Michael*1970,
Julie*1980, David*1981

Dostal, Christoph Schauspieler aus der Nähe von Ofenbach

Edith, *1942 Freundin und Nachbarin in Grebenstein. Eine Mischung aus meinen beiden Omis: Redet in der gleichen Wortwahl wie Oma Ella und hat den Charakter wie Omi Mobbl. Also hab ich meine beiden Omis in Form von der Edith auf einmal.
Mutter vom Thomas, *1972

Franz, Buzens Meisterschüler aus Taiwan. (*1968)

Frauke, (*1964) eine alte Kommilitonin aus Trossingen

Ferdl, Freund des Hauses

Friedel, mein Vetter *1962

Gaßmann, Joachim (Gitarrist und Freund)*1953
verheiratet mit Ingrid *1970,
zwei Töchter Edith*1998 und Luise *2003

Gretel, (*1938) Nachbarin in Aurich

Han-Lin, (*1974) Primgeigerin vom Jade-Quartett.

Harms, Gunnar Schüler Buzens (*1966). Geiger im Gewandhausorchester Leipzig

Hartmut (Onkel Hambum), geliebter Onkel väterlicherseits *1945
verheiratet mit Christa *1946
3 Kinder: Elisabeth *1976, Gerhard *1978 und Susanne *1983

Hartl, Georg, Nachbar in Ofenbach (*um 1952?)

Heike, Georg, Komponist (*1933)

Herwig, Meistercellist aus Wien *1963

Himstedt, Familie.Bestehend aus Mutti Maria *1924 und ihren beiden Töchtern Veronika * 1945 und Franziska *1949 mit denen wir sehr innig befreundet sind.

Hilke, Buzens Exe *1964
Mutter von Yüsslein*1999 und Aida*2003

Irene, Rehleins Kusine 2. Grades in Ofenbach (*1944)

Jorberg, Ulf. *1928 rüstiger, frischgebackener Witwer, der sich unsere Freundin Veronika als Neue an seiner Seite ins Haus geholt hat.

Jürgen, ein rührender Herr in Ostfriesland.

„Karschdn", (Karsten). Freund von meiner Freundin Christina

Kim, Julia *1979 koreanische Meisterschülerin Buzens

Lindner, Christa (*1940), Bekannte in Österreich

Lüders, Renate (*1937) Liebe Frau aus Aurich.

Ming, mein Bruder *1964 Pianist

Mobbl, Omi mütterlicherseits (1910 – 1999)

Münch, Frau (*1943) Meine Sekretärin

Naumann, Arztfamilie in Aurich: Vati Erhard *1962, Mutti Maria *1964 mit ihren drei Kindern Juliana*1997, Peter *2000 und Erik *2004

Omar, Hilkes Exmann. Ein Herr aus dem Senegal *1972

Poppinger, Renate (*1959) und Gerhard (*1943) unsere lieben Nachbarn in Ofenbach.

Rautenberg, Frau, (*1920) steinalte Nachbarin, die im Jahre 2009 nur noch mit Spinnweben ans irdische Dasein „befestigt" war.

Rehlein, (*1939) Meine Mutter. Eigentlich heißt sie Erika, da sie aber ein ähnliches Schicksal hat, wie einst das „Rehlein" in der Lindenstraße*, nennen wir sie scherzhaft „Rehlein"
*(Einen Mann, der ständig seine saublöden Spezln mit nach Hause brachte.)

Rosa, Frau vom Ferdl

Schinke, Hildegard (*1934) meine einzige Schülerin, Apothekerin

Schomberra, Familie in der Oberlausitz. Vater Konrad, Mutter Margarete und ihre drei Kinder, Leopold, Rebekka und Heinz.

Schröders, meine Vermieter im Hause in Grebenstein

Tone, Freund in Ostfriesland (*1962)

Ute B., liebe Freundin aus Rottweil. (*1966) Verheiratet mit Hubert (*1961) und Mutter zweier Töchter: Feli *1996 und Rosalie *1999

Veronika, enge Freundin im Schwabenland, die mit ihrem Lebengefährten Jorberg zusammen lebt.

Wyss, Familie in Grebenstein. Günther *1939, Renate *1940 Kinder und Enkel

Yvonne, verstorbene Elefantenkuh, die im hohen Alter einsamkeitsbedingt vom Zoo Nürnberg in den Zoo Rostock vertopft wurde. Und der Anblick, wie der alte Elefant in einem Anhänger seine vorletzte große Reise antrat, und man vielleicht noch auf die Hinterhaxerln draufblicken konnte, der greift doch wirklich ans Herz?

Besuch uns doch mal hier! ☺

http://www.franziska-koenig.de

http://www.erikoenig.de/

www.musikalischersommer.com/

https://www.facebook.com/pg/MusikalischerSommer/photos/?ref=page_internal

Weitere Titel im Twentysixverlag
über das Jahr 2009:

-Mein Bekanntenkreis (Januar – Juni)
-Ein Buch das vielleicht nicht jeder lesen sollte (Juli – September)